산수화 뒤에서

산수화 뒤에서

지은이 _ 견일영

초판 발행 _ 2013년 11월 11일
2쇄 발행 _ 2014년 12월 1일

펴낸곳 _ 수필미학사
펴낸이 _ 신중현

등록번호 _ 제25100-2013-000025호
등록일자 _ 2013. 9. 2.

대구광역시 달서구 문화회관11안길 22-1(장동) 출판산업단지 9B 7L
전화 _ (053) 554-3431, 3432 팩시밀리 _ (053) 554-3433
홈페이지 _ http://www.학이사.kr
이메일 _ hes3431@naver.com

ISBN _ 978-89-93280-58-6 03810

※ 수필미학사는 도서출판 학이사의 수필전문 자매회사입니다.

산수화 뒤에서

견일영 수필집

산수화 뒤에서

사람의 한평생을 가장 간결하게 표현한 말이 생로병사生老病死다. 이 여정 속에는 하늘이 내려준 어떤 의미가 분명히 담겨 있을 것만 같다.

나는 어릴 때부터 삶에 대한 의문을 가지고 스스로 묻고 대답하곤 했다. 나이 들면서 인생에 대한 의문은 더 깊어지고 그 해답은 철학에서보다 문학에서 더 많이 얻었다. 그러나 확실하게 믿음이 가는 정답은 찾아볼 수 없었다. 나는 수필에 이 문제를 떠올리곤 해봤지만 언제나 모래 위에 물 부은 것처럼 뚜렷이 남은 것이 없다. 수필 한 편에 기껏 몇 마디지만 인생을 함축해서 그 의미를 담아 보려고 했다. 그러나 얼마 지나 그것을 다시 보면 별 의미 없는 생의 넋두리에 지나지 않았다. 실망의 연속이었다. 결국 인생을 정확하게 정의 짓고 표현한다는 것은 불가능하다는 것을 깨달았다.

'뜬 인생은 분수가 정해져 있으니 배고프고 배부름을 어찌 마음대로 피할 수 있으리오.' 두보도 마음대로 되지 않는 인생을 시로 읊어 탄식했다. 나는 살아가면서 인생의 허무와 불가사의를 절실히 깨닫게 되었다.

험한 파도가 밀려오는데 그것을 헤쳐 나가려고 발버둥 치다가 물만 실컷 마시고 꼬르륵 하고 사라지는 게 인생이라는 것을.

　나는 오래 끄는 지병을 고쳐보려고 서울의 큰 병원을 찾았다. 거기서 우연히 19년 째 나와 똑 같은 백혈병을 앓고 있는 여인을 만났다. 나는 그가 오래 살았다는 데 놀랐지만 그보다 인생의 다양한 모습을 발견하고 나도 앞으로 19년을 더 살 수도 있겠다는 희망에 모처럼 환하게 웃었다.

　세 번째 내는 이번 수필집은 그동안의 수필보다 인생에 대해서 고민해 본 기록이 좀 더 많다. 인생을 괴로워하는 분들에게 동병상련으로 조금이나마 위안이 되고, 문학 속에서 함께 웃을 수 있는 기회가 되었으면 좋겠다.

2013년 가을에

견 일 영

■ 차례

2 세한도

3 해바라기의 기도

4 운명의 함수

5 감천강

나의 작가 노트 …

1

돌다리걸

뜬 구름을 따라 타관에서 방황하다가 인생 끝물에 허한 가슴을 안고 고향 땅을 찾는다. 어린 시절, 날 만 새면 뛰어놀던 돌다리걸에 서서 아래를 내려다 본다.

돌다리걸

뜬 구름을 따라 타관에서 방황하다가 인생 끝물에 허한 가슴을 안고 고향 땅을 찾는다. 어린 시절, 날만 새면 뛰어놀던 돌다리걸에 서서 아래를 내려다 본다. 우리들의 작은 무대였던 돌다리걸은 복개 콘크리트 밑에 갇혀 들여다 볼 수조차 없게 되었다. 여린 새순처럼 자라던 꽃부리 같은 꿈도, 밤하늘의 총총한 별 같은 동무들의 이름도 이 속에 다 묻혔다.

내가 태어나기도 전에 동네 입구를 가로 흐르는 도랑 위에 큰 돌 여러 개를 얹어 다리를 놓았다. 이곳을 돌다리걸이라 했다. 그때 동네 사람들은 '걸' 이란 접미사를 홰나무걸, 다리걸, 동산걸이라 불러 어떤 곳의 지점을 이름하여 불렀다. 어린 우리들은 마구 지껄이는 소리로 '돌달껄' 이라 했다. 그 다리 밑에서 가재를 잡으며 팡기, 씨돌이, 조환이 들과 다투고, 웃고, 물싸움을 하다가 날이 저물면 붉은 노을을 적시며 집으로 돌아갔다.

돌다리걸은 우리 동네 이문동의 중심지가 되었다. 동사무소도 그 옆에 세웠다. 돌다리걸은 동네 위치를 가늠하는 자오선이다. 우리 집은 돌다리걸에서 북쪽 서당마실 쪽으로 조금 가다가, 서쪽으로 꺾어 올라가면 나지막하게 자리 잡은 초가집이다. 이 집은 외할머니가 열아홉 살이 된 아버지를 보고, 인물과 행동이 마음에 들어 사위를 삼으면서, 새터 논 네 마지기와 함께 사준 것이다. 나는 세 살 들면서 부모를 떠나 이 집에 들어와 할아버지와 할머니의 슬하에서 컸다. 나는 매일 외할머니 댁에 찾아가면 어미와 떨어져 있는 것이 안쓰러웠던지 꼭 밥을 먹이고는 오전짜리 동전 한 닢을 주었다. 나는 돌아오는 길에 군고구마를 사먹었다. 그때 그것을 야끼모라는 일본어를 썼는데 그 후 지금까지 그만큼 맛있는 군것질을 해 보지 못했다.

동네 모든 전달 사항은 이 돌다리 위에서 알렸다.
"내일 아침, 수군푸(삽) 들고 부역 나오이소오오."
목청이 좋은 심 서방이 늦은 밤에 소리를 지르면 동네 끝까지 들렸다. 난청 지역은 그 부근까지 가서 같은 소리로 반복하기도 했다. 그러면 정확한 시간도 알리지 않았는데 동네 사람들은 대충 같은 시간에 돌다리걸에 모였다. 그 때 시계가 있는 집은 몇 집 되지 않았고, 그런 집은 부역 대상도 되지 않았다.
밤이면 나이 든 사람들이 여기 모인다. 신문도 없고, 라디오도 없어 여기서 세상 소식을 듣는다. 그리고 입심 좋은 사람의 논설도 들을 수가 있다. 그 사람의 별명이 빈호사(변호사)였는데 나는 그것이 사람 이름인 줄 알았다. 어쩌다 외지의 친척이 다녀가거나, 볼일이 있어 멀리 다녀 온 사람은 이곳에서 뉴스의 중심에 선다. 이 소문은 신문보다 더 빨리 전파되어 온 동네가 다 알게 된다.

여름이면 집안이 덥고 모기가 많아, 설렁설렁 바람이 부는 이 돌다리걸에 와서 아예 자리를 깔고 눕는다. 우리는 저녁만 먹으면 여기에 모여 뒷골 개울에 목욕하러도 가고 남의 밭에 들어가 아무거나 따서 먹기도 했다. 그때는 밭에서 나는 과일은 아무거나 닥치는 대로 따 먹었다. 주인에게 혼이 나기도 했지만 주재소(경찰 지소)에 붙들려 간 아이는 아무도 없었다.

돌다리걸은 동네 사람들의 희비가 엇갈리는 장소가 되었다. 좋은 일은 여기를 빠져 나가고, 궂은일은 이곳을 밟고 어느 집으로 찾아들었다. 함흥 비료 공장으로 돈 벌러 간다고 이 다리를 건너간 순덕이 오빠는 뼈만 앙상한 모습으로 돌아왔다. 그의 어머니는 자식이 떠날 때 이 다리 위에서 울었고, 돌아올 때도 여기서 통곡했다. 그렇게 돈을 많이 벌었다고 소문이 자자하던 영기 삼촌은 무슨 사고를 당했는지 일본 땅에서 하얀 통 속에 한 줌 재로 담겨 돌아왔다. 영기 숙모는 이 다리 위에 퍼질고 앉아 기절하며 울었다.

상여가 뒷산으로 올라갈 때는 이 다리걸에서 꼭 노제를 지냈다. 6·25 전쟁 때는 이 다리 위에서 아까운 청년들이 많이 죽었다. 인민군의 총에도 죽고 국군의 총에도 죽었다.

　세월이 많이 흘렀다. 가재를 잡던 이 개울이 복개되면서 돌다리걸은 흔적도 없이 사라지고 그 위로 큰 길이 났다. 육중한 콘크리트가 물장구를 치며 재잘거리던 옛 이야기까지 몽땅 덮어 버렸다. 그 큰 길 밑에는 못살았지만 인정스런 이름이 있었고, 가재를 잡으며 희희낙락하던 웃음이 있었는데 이제 영영 그것을 찾아볼 수 없게 되었다. 훗날 어느 초인이 나타나 복개 시멘트를 걷어내고 옛 이야기를 되찾아낼지 기적 같은 꿈을 그려 본다.
　이 세상에 변하지 않는 것이 어디 있겠는가. 돌다리걸의 추억, 그것도 다 제행무상諸行無常이 아닐 수 없다.

아직 길은 멀었는가

참 많이도 걸었다. 평생을 걸어온 거리를 따지면 지구를 몇 바퀴 돌았는지 모른다.

그 때는 누구나 못살았던 일제 말기, 매일 산에 올라 솔방울이나 관솔을 한 망태 따서 이튿날 등교할 때 학교 교문에서 검열을 받아야 교실로 들어갈 수 있었다. 학교를 마치면 눈알만 빠끔한 어린 것이 풀을 베고 소를 먹여야 했다. 잠자리에 들기까지 계속 두 다리를 움직이지만 농사일을 돕는 데 끝이 없다.

자전거를 탈 수 있는 사람은 드물었고, 면 서기는 팔 인치 좋은 자전거를 타고 다녔다. 목탄 버스는 기차가 다니는 구미역까지 하루 두 번쯤 다녔다. 그 버스가 신작로를 달리면 꼴망태를 맨 나는 환영의 인사로 낫을 흔들어 주었다. 버스가 지나가면 자갈이 튀어 내 발목을 때렸지만 아무 불평도 하지 못했다.

광복이 되어도 걸어 다니는 방법 외는 교통수단이라곤 없었다. 초등학교 5학년이 되었을 때, 가을 소풍을 금오산까지 간다고 했다. 선산에서 구미까지 40리, 구미 시내에서 금오산 폭포까지 10리, 합하여 왕복 100리를 걷게 되었다. 신발은 대부분 끈 달린 나막신이었는데 가다가 끈이 떨어지면 맨발로 걸었다. 자갈이 깔리지 않은 신작로 갓길을 하염없이 걷는데 햇볕은 사정없이 맨머리를 내려 쬐었다. 그래도 낙오자는 한 사람도 없었다.

그때 시골에서 걷는 것을 힘들어 하는 사람은 아무도 없었다. 그러나 밤이면 할아버지가 다리를 주무르라고 하신다. 그때는 관절염이라는 사치스런 의학 용어는 없었고 그저 다리 아프다는 말밖에 없었다. 그리고 밤마다 어린 손자가 북북 눌러주는 것이 최고의 약이었다.

그 뒤, 학도호국단의 행군, 논산 훈련소의 구보, 그리고 철의 삼각지대 김화에서 보병으로 복무하다가 보병으로 제대했다.

인생은 나그네요, 나그네는 정처 없이 걷는다. 어느 나그네 부자父子가 오래 걷다가 너무 지루하여 아들이 물었다.

"아버지, 우리는 어디로 가고 있습니까? 지금 지나는 이곳은 어딥니까?"

"우리가 어디로 가는지 아무도 모른단다. 다만 우리가 오기로 한 그곳에 제가끔 와 있을 뿐이다."

많은 세월이 흘렀다. 태평양 전쟁 때도 걷고, 6·25 전쟁 때도 걸었다. 전쟁이 끝났는데 휴전선 최북단 오성산 밑에서 또 걸었다. 먹고 살기 위해 걷다가 이제는 건강을 위해서 걷는다. 밤이면 도인처럼 방안에서 인생을 걷는다. 정처 없이 걷다가 되돌아보면 지나온 길을 또 다시 걷고 있다. 대부분 후회의 길이고, 아쉬움은 낙엽으로 뚝뚝 떨어진다. 그래도 혼자 걷는다. 이제는 같이 걸을 사람도 없다.

다른 사람들은 다리가 아프다고 물리치료다 약물치료다 하면서 울상을 짓고 있는데 아직도 걷는데 아무 지장이 없다는 것은 남보다 더 많이 걸어라는 팔자인지 모르겠다. 예방의학으로 걷기는 만병통치라고 한다. 우리에게 가장 좋은 운동은 조깅이 아니라 바로 걷는 운동이란다.

걷는 것이 인생인 두 다리는 부모님으로부터 물려받은 보물이다. 내 걸음의 양이 내 인생의 양이 되었고, 그 속도가 내 인생의 가치를 가늠해 주었다. 그러나 막연한 두려움이 생긴다. 언젠가는 나도 다리 때문에 병원에 다녀야 하고, 이 두 다리의 활동이 멎는 날 어디론가 떠나야 하지 않겠는가.

나는 혼잣말로 묻는다.

"걷고 걸어, 나는 어디로 갑니까?"

나도 모르는 사람이 내답한다.

"걷다가 지칠 땐 먼발치에 뜬 작은 해를 보아라. 이정표는 없다. 다리가 멎을 때까지 가거라. 해가 질 때 너의 긴 그림자와 만나는 곳이 너의 집이란다."

아직도 길은 멀었는가. 날이 새면 또 걸어야 한다. 걸음을 멈추는 날이 내가 집에 도착하는 날이 아니겠는가.

아픈 사람들

　우리의 일생을 가장 간결하게 함축한 말이 생로병사生老病死다. 늙고 죽는 것을 누가 막을 수 있겠는가. 그것은 운명이란 이름에 맡기게 되지만 아픈 것은 그냥 방치할 수 없다. 병원에 가보면 아픈 사람들이 참 많다. 누구나 젊었을 때는 잠시 병 없이 활발하게 활동하다가 나이 들면 아프다는 소리를 달고 다닌다. 움직일 때마다 고통의 노래를 부른다. 악보로 기록하기 힘든 그 곡조는 곧 저 세상으로 떠나야 할 전주곡이다.

　나는 병과 함께 살고 있다. 그것을 조금도 숨기고 싶지 않다. 함께 이야기할 때나 식사를 할 때, 혹시 불쾌하게 생각하거나 전염을 염려할까봐 내가 먼저 고백한다.

　"나는 저항력이 부족한 백혈병 환잡니다. 당신들의 균이 나에게 옮지 않도록 주의해 주세요. 나에게는 남을 전염시키는 균이 없습니다.

이상한 바이러스가 내 백혈을 괴롭혔지만 그 바이러스도 없어졌습니다. 다만 그 후유증으로 수시로 전신에 통증을 느끼고 있을 뿐입니다."

때로는 구체적으로 설명까지 해준다. 병은 자랑해야 한다고 했는데 그것이 치료에 도움을 줄 때도 있고, 심리적 안정에 힘이 될 때도 있다.

이 세상에는 병이 들자말자 바로 죽는 사람은 매우 적다. 옛날 페스트나 호열자 같은 집단 전염병으로 한꺼번에 많은 사람이 희생된 예는 있지만 예방 의학이 발달한 지금은 그런 일은 없다. 그러나 아픈 사람은 점점 더 늘어나고, 병원도 부지기수로 불어난다. 의료보험이라는 게 생겨서 약국까지 돈을 대주니 늘어날 수밖에 없다. 그래서 아픈 것을 부끄럽게 생각하는 사람은 아예 없고, 열만 조금 나도 병원을 찾는다. 병원에 가는 것이 식당에 가는 것만큼 잦아졌다.

나는 가난한 시골에 살면서 초등학교를 졸업할 때까지 병원이라고는 딱 한 번 가봤다. 아프기야 수없이 아팠지만 농산물 외는 현금이 없으니 병원에 갈 수가 없었다. 날만 새면, 들이나 산으로 돌아다니다 보니 자주 엎어지고 무릎을 깼다. 피가 나면 모래를 뿌려 피를 말렸다. 어느 날 거기 균이 들어있는지 고름이 생기기 시작했다. 무릎 위에 커다랗게 덮인 큰 딱지 밑으로 고름이 줄줄 새어 나왔다. 내가 너무 아파하는 것을 본 삼촌이 병원으로 데려갔다. 의사는 핀셋으로 무릎 위의 큰 딱지를 그냥 잡아당겨 제거한다. 얼마나 아프던지 죽는 줄 알았다. 그리고 머큐로크롬을 듬뿍 바르고는 끝이다.

그건 외상이니 할 수 없이 병원에 갔지만 속병은 그냥 견뎠다. 법정 전염병도 예방약이 없으니 무사히 지나가기만 바랐다. 나도 심하게 여러 번 아팠지만 다행히 살아남았다. 친구들의 반은 유행성 전염병을 이겨내지 못하고 피지 못한 꽃으로 지고 말았다.

근래 '아프니까 청춘이다' 란 책이 베스트 셀러다. 젊은이들에게는 필독도서가 되었다. '란도샘' 이란 애칭으로 인기를 독점한 김난도 교수는 "나도 때로는 우연에 기댈 때가 있다."고 솔직하게 고백했고 아픔을 겪는 젊은이들은 여기서 위안을 얻는다.

통증은 모든 사람을 기다리고 있다. 같은 통증을 느끼면서 죽는 소리를 하는 사람도 있고, 감사 기도를 올리는 사람도 있다. 아무리 엄살을 부려도 병을 완전히 낫게 하는 재주는 없다. 고민을 들어주고 고개를 끄덕여주는 어른에게 속지 말고 스스로를 믿어야 한다. 아픈 것이 정상이고 누구나 다 아프다는 것을 알아야 한다. 다만 그 아픔 속에서도 자신의 뚜렷한 목표를 향해 뚜벅뚜벅 걸어가야 한다. 다리에 힘을 주고 팔을 크게 흔들면 병을 잊게 된다. 낫지는 않아도 잊을 수만 있다면 그것이 행복이다.

광복 후 혼란기에 군인들이 일으킨 여순 반란 사건이 있었다. 목사 아들이 젊은 반란군에게 총살을 당했다. 그의 아버지는 자기 자식을 죽인 반란군이 국군에게 잡혀 총살당하려는 것을 살려내고, 자신의 아들로 삼았다. 얼마나 마음이 아팠겠는가. 그 큰 아픔을 더 큰 아픔으로 치유한 것이다.

나는 백혈병 7년 동안 재발까지 하는 아픔 속에서 수필집도 내고 장

편소설도 썼다. 그리고 연달아 청탁해 오는 원고를 거의 거르지 않고 다 소화했다. 아픔을 아픔으로 치유했다고 하면 과장이 될까. 그것이 병원에서 얻는 안도감보다 더 큰 영성의 세계로 들어가고 있다는 것을 미처 몰랐다. 꿈 너머에도 꿈이 있다. 기쁨 속에서도 새로운 기쁨이 숨어 있다는 것을 아픔의 동굴을 지나면서 느낄 수 있게 되었다. 완전한 세상을 다 보지는 못하더라도 남보다 좀 더 많은 것을 보았다는 희열은 고통의 터널을 지나봐야 안다.

아프니까 청춘이 아니라 인생은 평생 아픔과 함께 산다. 그것은 성장통이 아니라 평생의 자극이요, 교훈이요, 인내요, 낭떠러지에서 깨닫는 지혜다. 인생은 생로병사, 평생 병과 싸우는 과정이다. 병을 이겨내고 영생하는 사람은 없다. 병과 함께 할 수 있는 인내와 지혜만 필요하다.

지난날은 다 아름다운가. 어릴 때 아팠던 기억, 그때 불렀던 동요가 새롭다.

> 다쳐서 다쳐서 아픕니다
> 누나가 업어도 아픕니다
> 엄마가 업어도 아픕니다
> 울어도 울어도 아픕니다.

기간제 생명

5년 전 혈액암으로 치료를 받았다. 흔히 말하는 백혈병으로 누구나 두려워 했다. 누가 물으면 죽음과 너무 가까운 이 병명을 루키미어라고 원어로 말하여 조금이라도 거리감을 두고 싶었다.

다행이 나는 4차 항암 치료를 받고, 다 나았다는 판정을 받았다. 그러나 정기적인 검사는 계속되었다. 처음에는 한 달 간격으로 검진을 하다가 석 달, 여섯 달로 연장이 되었다.

그때마다 의사는 틀에 박은 듯이 말한다.

"많이 좋아졌습니다, 좋습니다."

나는 학교에서 '수' 자로 가득 찬 성적표를 받은 기분으로 병원 문을 나섰다.

달력에는 검진일과 진료 시간이 적혀 있다. 나는 그것을 볼 때마다 그 기간 동안에는 내가 안전하리라는 생각도 들고, 그 기간이 최소한의 생존 기간이 된다는 느낌도 들었다.

젊은 시절, 내가 가르쳤던 제자가 오랜만에 찾아왔다. 기간제 교사를 희망했다. 여러 학교에 연락하여 빈자리가 있을 때마다 그 곳에서 근무하게 했다. 기간이 다 되어 가면 내가 더 조바심이 나서 미리 자리를 알아보곤 했다. 그런 생활이 몇 년을 반복했다.

수십 년 전, 그가 남녀 공학인 시골 고등학교에 다닐 때 남학생을 제치고 늘 수석을 했다. 매사에 적극적이고 인기도 좋았다. 교육대학에 진학하여 교사가 되었다는 것까지는 알고 있었다. 그런데 40대에 접어든 그가 새삼스레 왜 기간제 교사를 해야 하는지 궁금했지만 물어볼수가 없었다. 혹시 그의 마음에 상처를 줄 것 같아 가정 형편을 물어볼수가 없었다. 만날 때마다 묵은 역사책 보듯 옛날 학교 이야기만 했다.

내가 백혈병을 앓게 된 지 5년이 지났다. 꿈 같은 세월이었다. 반년만에 완치가 되고, 자유롭게 생활할 수 있게 된 것은 기적이었다. 나는 하나님께 그리고 가족과 모든 주위 사람들에게 진심으로 감사했다. 나는 이 기간, 재생의 기쁨으로 무엇인가 값진 일을 해 보고 싶었다.

수필집을 냈다. 인생에 대한 감동을 절실하게 표현하고 싶었다. 서문에 그 느낌을 썼다.

- 영혼은 아름답고 소중하다. 모든 것은 떠나지만 영혼은 남는다. 이제 간이역에 잠시 머무르다 곧 떠나야 할 짧은 시간에 철로

가에 핀 작은 들꽃을 본다. 지난날 보잘것없던 그 작은 꽃이 지금은 왜 그렇게 아름답게 보이는 걸까. 모든 것은 떠날 때 아름답게 보이고 또 그것이 소중하다는 것을 깨닫게 된다. -

글을 쓰면서 나는 울었다. 내가 사선死線을 넘고, 기간제 생명을 유지하고 있다는 데 대한 감동과 그 감동이 글이 되어 오래 이 세상에 남게된다는 데 대한 감격이었다. .

이 감동의 열기가 아직 식지도 않았는데, 정확히 5년 만에 백혈병이 되살아났다. 재발 치료는 처음 발병했을 때보다 더 힘 든다고 했다. 항암 치료를 계속 6번이나 했는데 병이 나을 기미를 보이지 않는다. 검사 결과 이상이 없으니 치료를 중단하자고 한다. 그러면서 매일 먹는 약을 주는데 그 약은 비습관성 진통제였다. 결국 내 병은 완전히 낫지 않는다는 뜻이 아닌가. 평생 진통제를 먹고 아픔만 겨우 참고 견뎌야 한다고 생각하니 불안한 마음만 밀려들었다.

제자는 기간제 교사를 반복하다가 소식이 뚝 끊어졌다. 기간이 끝났는데 소식이 없다. 명절이 되어도, 스승의 날이 되어도 전화 한 통이 없다. 서운한 생각이 들었다. 전화를 해 볼까 하다가도 그의 남편이 어떻게 생각할까 하고 괜한 걱정만 했다.

몇 년이 지났다. 우연히 들려오는 소식에, 대구 지하철 화재 사고 때 세상을 떴다고 했다. 내가 어떻게 그렇게도 몰랐을까. 사망자가 너무 많아 명단을 끝까지 읽어 보지 못한 것이 후회되었다. 미안한 생각이 가슴을 꽉 채운다.

　진료 날짜가 되어 병원을 찾았다. 의사는 약간 포기한 듯한 말로
"이 병은 완전히 낫지 않습니다."
나는 순간적으로 해석했다.

　　－ 언제 죽을지 모른다. 그러니 너무 서둘지 마라. －

　아마 기간제 생명은 정확하게 기간을 채우고 죽는 것이 아니라 기간
중에 어느 날 간이역 울타리에 핀 야생화처럼 시들고 마는가 보다. 선
고先考께서도 진료 예정 날짜를 많이 남겨 놓고, 처방 받은 약도 많이
남았는데 세상을 떠나지 않았던가.
　진통제를 입에 틀어넣는다. 물을 많이 마신다. 많은 물은 약의 강도
를 약하게 하여 위에 부담을 줄여 줄 것 같았다. 정해진 이 기간, 나는
이 기간이 불행한 시간이 되지 않도록 내가 아는 의학 상식을 총동원
한다. 생에 대한 애착은 어쩔 수 없는가 보다. 삶이 그렇게 소중한가.
생에 대한 비굴한 생각이 내 체통을 구겨놓는다. 지하철 화제 사고가
연상되면서 신뢰감이 떨어진 기간제를 다시 되씹어 본다.
　'개똥밭에 굴러도 이승이 좋다'
　별로 품위도 없는 이 말에 깊은 철학적 의미를 찾아본다. 산다는 것
보다 더 위대한 철학이 어디 있겠는가. 나는 다시 기원한다. 이번 기간
을 무사히 다 채우고 다시 생존의 기간을 지정 받고 싶다고.

봄의 저주

봄이 무슨 약속이나 한 듯이 찾아왔다. 행복의 면사포를 덮어쓰고, 조금의 수줍음도 없이 남녘 바람을 타고 날아왔다. 누구도 그를 의심하거나 싫어하지 않는다. 대문마다 입춘대길立春大吉이라 써 붙여 놓고 그를 환영한다. 겨우내 얼었던 내 마음도 봄의 향기와 화사한 웃음에 취해 멍하니 그를 바라보고 있다.

어릴 때 그렇게 기다려지고 좋던 봄이 이제는 실망만 안겨 주는 낯선 손님으로 변했다. 봄이 행복을 가져온다고 믿는 것은 휴전선의 봄이 영원한 평화를 가져다준다고 믿는 것과 같다. 그 아름답던 봄이 나의 가슴에 상처만 남겨 놓고 어디론가 홀쩍 떠나간 적이 한두 번이던가. 그것도 떠날 때는 송별연도 없이 여름의 무더위만 듬뿍 안겨 놓고 사라졌다.

언제부터 우리는 봄을 희망의 대명사로 받들어 왔던가. 실망만 안겨 놓고 훌쩍 떠나는 그 야속한 봄을, 그래도 원망하고 저주하기에는 마음이 아리다. 오히려 겨울이 오면 봄이 기다려지고, 나목에 싹을 틔워 줄 새 손을 어떻게 맞이할까 준비를 해 왔다. 어쩌면 딸이 친정에 와서 닥치는 대로 싸 가지고 가도 사흘만 지나면 또 보고 싶고, 기다려지는 것과 같다.

봄은 아무 죄가 없다. 꽃도 피우고 날씨도 따뜻하게 해주고, 아지랑이를 피워 가슴을 부풀려 주기도 한다. 분명 희망이요, 무지개 같은 아름다운 이상이다. 내 생일이 3월인데 그날이 오면 언제나 새로 태어나는 기분이다. 그러나 그날이 지나면 봄바람이 먼지만 일구고 어디론가 떠나간 듯 서운한 생각만 든다. 살아가면서 내 힘이 부칠 때는 나약한 봄에 태어났음을 핑계 삼고, 변명의 구실로 삼는다.

나는 봄에 결혼했다. 그것도 늦은 봄, 5월 3일이다. 제2의 인생이 창조되는 날이었다. 그러나 나는 그 후, 그날을 축일로 크게 잔치를 벌여 본 적이 없다. 신혼여행 중 마지막 밤을 불국사호텔에서 자게 되었는데 아버지께 드릴 선물을 고르다가 서로 의견이 맞지 않아 톡탁거렸다. 그때는 호텔이 불국사 입구 개울 건너에 있었는데 밤이 깊어 가니 호텔 밖은 그야말로 적막 강산이었다. 둘은 호텔에 들어가지도 않고 개울가에서 각각 딴전을 피우고 있었다. 개울에서 봄 개구리가 울기 시작했다, 그들이 얼마나 크게 합창으로 소리를 지르는지 그 낯선 소음에 놀라 방안으로 뛰어 들어갔다.

지금도 우리는 서로의 잘못을 인정하지 않고, 봄에다 모든 죄를 뒤집어씌운다. 그때 결혼식을 얼음이 꽁꽁 어는 12월 하순쯤 했으면 북극얼음길을 힘차게 전진하는 쇄빙선처럼 손을 꼭 잡고 군세게 항해했을 것이라고 궤변만 늘어놓는다.

아내는 지금도 들판에서 집단으로 울어 젖히는 개구리 소리를 싫어한다.

나는 초등학교를 봄에 입학하고, 봄에 졸업했다. 앞집 봉순이도 봄에 함께 입학했다가 6년 동안 얼굴만 붉히고 봄에 헤어졌다. 그 뒤로 한 번도 그를 보지 못했다. 매년 5월 5일 어린이날을 정기 동문회 날로 정하여 옛 친구들이 모이지만 한 번도 그를 보지 못했다. 동문회 명부를 뒤져 봐도 이름 석 자 외는 주소도 전화번호도 없다. 봄이 그를 데리고 간 것이 틀림없다.

엘리엇은 '4월은 가장 잔인한 달'이라고 봄을 저주했다. 재생이 없는 인간의 허무를 봄에게 덮어씌웠다. '호지에 무화초하니 춘래불사춘 胡地無花草 春來不似春'이라는 슬픈 시로 흉노 땅에 잡혀간 여인을 애달프게 노래한 시인도 봄에다가 여인의 슬픈 운명을 덮어씌우고 있다.

겨울 혹한은 봄을 기다리도록 부추기고, 여름 혹서는 지나간 봄을 그리워하게 한다. 봄은 고운 옷을 차려입고 우리 앞에 나타나지만 기껏 들판이나 산비탈에 씀바귀나 작은 쑥만 얼마쯤 선물로 주고, 겨우내 다 먹고 떨어진 양식은 조금도 걱정해 주지 않는다. 춘궁기春窮期라는 어려운 기간을 만들어 놓고 굶어 죽는 사람을 못 본 체한다.

초청도 하지 않은 봄바람이 남녘에서 올라오고, 멀리 아지랑이는 현란한 춤으로 사람의 마음을 들뜨게 해 놓는다. 철새들이 떠난 강물에는 물고기들이 새끼를 친다. 강둑에는 새싹이 파랗게 돋아난다. 봄은 무엇인가를 만들고, 생기를 주고, 춤도 추게 한다. 그러나 그것을 바라보는 인간은 재생할 수 없는 생명체를 아쉬워하며 봄을 원망한다.

또 봄이 왔다. 아름다운 꽃들이 수를 놓는다. 그들이 이제 쇠잔한 내 목숨을 얼마만큼 더 연장해 줄 수 있겠는가. 회춘回春은 말뿐이다. 내가 이 세상을 훌쩍 떠나도 봄은 아무 죄가 없다. 그러나 나는 내 영혼을 흩뜨려 놓은 봄을 저주한다.

초심初心

수술실 문이 열리고 아내는 이동 침대에 누운 채 수술실로 들어갔다. 머리를 빡빡 깎은 아내의 표정은 굳어 있고 시선은 천정에 고정되어 있다. 수술실의 무거운 분위기는 아내를 더욱 긴장시키고 가족들에게도 덩달아 불안감을 안겨 준다.

내가 아내의 침대를 수술실 안으로 밀어 넣고 나오는데 아들이

"무슨 말씀이라도 좀 하고 나오셔야지요."

나무라듯 말한다.

그렇다. 이것이 마지막이 될는지도 모르는데 아무 말도 하지 않고 나온대서야 되겠는가. 수술실로 다시 들어갔다. 무언가 한 마디는 해야겠는데 이 상황에서 어떤 말이 적합한지 도무지 생각이 떠오르지 않는다. 나는 모기소리 만하게 떠듬떠듬 말했다.

"너무 걱정하지 말고…. 마음을 편안하게 가져…."

수술실 문을 나서니 아들이 내 얼굴을 쳐다보는데 나는 애써 외면하고, 복도 의자에 앉았다.

오래 전부터 아내는 머리가 아프다고 하여 여러 병원에서 진찰을 받았다. 결국 큰 병원에서 뇌수종腦水腫이라는 진단을 받았다. 머리에 물이 고여 뇌신경을 압박하고 있기 때문에 두통이 심하고 동작도 정확하지를 않다고 했다. 머릿속에 호스를 꽂고 그 호스가 가슴과 옆구리를 통과하여 신장까지 내려가게 해 주면 뇌 속의 물이 정상으로 빠질 수 있다고 한다. 그리고 그 호스는 평생 몸속에 달고 다녀야 한단다. 그래서 수술은 쉽지 않고, 후유증이 있는 사람도 많다고 했다.

복도 의자에 앉아 벽 위의 전자 안내판을 쳐다본다. '수술 중'이라는 빨간 불이 켜져 있고 그 아래 아내의 이름이 나와 있다. 안에서는 정상적으로 수술이 진행되고 있는 것 같은데 빨간 불을 쳐다보고 있는 내 마음은 시간이 너무 오래 걸리는 것 같아 초조해진다.

시간이 흐르면서 내 머릿살에는 온갖 생각들이 홍수처럼 소용돌이친다. 지난날, 아내에게 요구만 하고 나무라기만 했던 일들이 죄의식으로 다가온다. 언제나 내가 불만스럽게 생각했던 아내의 허물은 온데간데없고 내 잘못만 크게 부각되어 떠오른다.

그동안 그와 40년 가까이 살아오면서 한 번도 이런 생각을 가져 보지 못했는데 위험한 때를 만나자 자신의 부족함을 깨닫게 된다. 아내는 의무만 있고 권리는 없는 것처럼 여겨 왔던 긴 세월, 그것은 내가 아내보다 더 잘 났다는 교만과 독선이 아니었던가.

군대에 갔을 때, 가족에 대한 그리움을 깨쳤고, 큰 병으로 죽음과 마주 했을 때, 이 세상이 가장 아름다운 곳이라는 것을 알았다. 이제 생사의 갈림길에 선 아내의 모습을 보고 인명의 존귀함을 깨닫게 된 것이다.

전광판에 표시된 아내의 이름이 '회복 중'으로 넘어갔다. 그래도 가슴 속에서는 참회의 채찍이 멈출 줄을 모른다. 회복실에서 마취가 깨어나지 않는 사람도 있다는데, 걱정은 조금도 수그러들지 않는다.

내가 이렇게 낮은 곳에서 아내를 쳐다보기는 처음이다. 나의 괴팍한 성격 때문에 아이 셋을 데리고 친정으로 떠나던 애처로운 모습이 떠오른다. 신은 내게 더 많은 고통을 주어야 하는데, 선량한 사람이 오히려 고통을 받다니….

그가 얼마나 소중한 존재라는 것을 빨간 전광판에서 읽어나간다. 회복 중이라는 표시판에서 아내의 이름이 좀체 지워지지 않는다. 다른 사람은 그 이름이 지워지면서 보호자를 불러 침상을 밀며 나가고 있는데.

이윽고 문이 열리더니 보호자를 찾는다. 좋은 결과인지 그렇지 않은 결과인지 호명하는 간호사의 표정을 살펴본다. 다행이 침상이 그의 뒤에서 나오는 걸 보니 안심이 된다. 아직 의식이 덜 깬 아내의 얼굴은 창백했지만 수술은 잘 된 것처럼 보였다. 병실로 옮긴 뒤, 조금 있으니 아내의 의식이 돌아 왔다. 새 세상을 다시 보는 듯한 그의 눈빛이 어린아이 같다.

밤이 늦어, 간병사에게 병실을 맡겨 놓고 집으로 왔다. 집안은 가을걷이를 끝낸 빈 들판같이 황량하다. 자리에 누우니 피로가 파도처럼 밀려온다. 누운 채 아내가 그렇게 소중하게 여기던 달그락 농을 만져본다. 토막토막 농 앞면에 끼워 넣은 작은 조각들이 손만 대면 달그락 소리를 냈다. 가끔 아내가 마른 천으로 윤기를 내려고 닦고 닦고 하던 모습이 애처롭게 떠오른다. 그의 손이 닿던 곳, 그가 애정을 쏟던 것들이 이렇게 소중하게 보인 적이 없었다.

아무도 없는 텅 빈 집에 혼자 누워 있으니 외로움이 물살처럼 밀려온다. 자정을 넘기고 고뇌의 물결이 잔잔해지자 그 옛날, 그와 처음 맞선을 보던 초기의 마음이 샘물처럼 솟아오른다.

신은 내가 초심으로 되돌아가는 길을 왜 이렇게 험난하게 만들어 놓고, 이제야 그 길을 조금씩 열어주시는지 모르겠다.

기다리는 시간

평생 나는 무엇인가를 기다리며 살아왔다. 누구나 다 그렇게 살고 있는 것 같다.

내가 가장 지루한 시간으로 기다렸던 것은 군대 생활에서 제대하는 날짜였다. 한 달을 남겨 두고 주머니 달력에 날짜를 하나하나 지워나가는 그 시간, 끝에 날짜까지 가는데 몇 년이나 걸리는 것 같았다. 다음에 지루하게 느꼈던 시간은 샛바람이 불던 날, 고기를 기다리는 낚시찌가 하루 종일 꼼짝도 하지 않았을 때였다. 지루했던 시간이 그뿐이겠는가. 내가 뜻한 대로 되지 않을 때 그 시간은 무척 괴롭고 힘들고 지루했다.

가장 행복했던 기다림은 어릴 때, 멀리 계신 아버지가 고향을 찾아주시는 시간이었다. 누구에게나 다 있는 사랑하는 여인을 기다리는 시간의 행복감은 어떤 말로도 표현하기 어렵다. 가장 무모하게 기간을 보내며 기다리기만 하는 사람은 씨도 뿌리지 않고 아름다운 꽃만을 기다리는 우매한 자다.

　누구나 다 그렇게 생각하는 것처럼 나도 언제나 좋은 소식이 오기를 기다리며 살았다. 나는 그 기다리는 마음속에 속임수가 들어 있는 줄을 몰랐다. 그것은 조바심으로 빨리 시간이 가고 오기를 기다리는 가운데 죽음의 시간도 재촉을 받고 있다는 것을 알지 못했다.
　혈액 암에 걸린 적이 있다. 백혈병이라고 해야 더 실감이 난다. 좋은 약도 많고, 치료 방법도 상당히 과학적으로 발전하여 나는 캄캄한 터널을 무사히 지나 새로이 밝은 세상을 맞이하게 되었다. 그러나 세월이 흐르자 병은 재발하고 다시 통증이 나를 괴롭혔다. 전보다 더 좋다는 약을 먹었다. 항암 주사보다 더 좋다고 했다. 그 뒤 주기적으로 검사를 해 보고 있지만 아무 이상이 없다고 한다. 그러나 후유증인지 여러 가지 증세를 보이며 계속 아프다. 담당 의사는 진통제만 준다. 그저 아픈 것을 덮고 넘어가라는 뜻인 것 같다. 여기서 더 기다려야 할 것이 무엇이겠는가? 생각하기도 싫은 어떤 기다림이 거기 숨어 있다고 생각하면 허무한 느낌이 가슴을 메운다.

　광속 불변의 원리는 빛의 속도가 지구의 공전 속도에 상관없이 항상 일정하다고 생각하는 것이다. 그러나 움직이는 기차 안의 빛 시간은 기차 밖의 빛 시간보다 느리게 간다는 것을 알게 되었다. 결국 시간은 속도와 움직임으로 다른 개체들에게 모두 다르게 흘러가며, 누구에게

나 동일하게 흘러가는 시계란 처음부터 존재하지 않는다는 것이다. 따라서 절대적 동시라는 것은 있을 수 없다고 한다. 그러므로 모든 것은 상대적 대상의 영향을 받는다.

헤겔의 시간관은 관념 속에서 존재하는 추상적인 형식이 아니라 정신 속에서 존재하며 '정신의 의미를 규정하는 시간' 즉 역사적 시간이라는 것이다. 이 불명확한 시간의 흐름에 내가 어디로 떠내려가고 있는지를 모르겠다. 내가 무엇을 기다리며, 그 기다리는 시간 속에 내가 어디로 가며, 어떤 현상이 나타날 것이며, 마지막 종착지가 어딘지 모르겠다.

9시 뉴스를 기다린다. 무슨 다른 세상이 전개될 것만 같은 부푼 기대를 하고 TV를 주시한다. 그러나 그 뒤끝은 개운하지를 않다. 거짓과 허무와 불안한 미래의 그림자만 남겨 놓고, 책임질 사람은 신기루처럼 사라진다. 결국 내가 기다리고 있는 시간은 실망만 잔뜩 남겨놓은 채 끝을 맺고 만다.

옛날 미국 선교사가 처음 우리나라에 들어왔을 때, 한국인에게 똑 같은 일을 반복해서 시켜본 일화가 있다. 급료는 넉넉히 주면서 우물을 파게하고, 또 그것을 다시 되묻게 했다. 그리고 또 그 일을 반복해서 시켰다. 그 일을 자꾸 되풀이 하자 일꾼들은 더 일을 못하겠다고 반발했다. 그것은 시간의 문제다. 지루한 시간, 기다림이 없는 시간은 싫은 것이다. 사랑하는 애인도 매일 똑 같은 시간에 만나서 똑 같은 행동을 반복한다면 그 사랑이 얼마나 오래 가겠는가.

내가 기다리는 것은 새로운 것을 기다린다. 내 아들의 키가 더 크고 성격이 밝아져 가는 모습, 멋진 삶을 추구하는 친구의 새로운 뉴스, 새로 뽑힌 지도자가 밝은 미래를 약속하는 희망찬 취임식, 이런 것들을 즐기며 우리는 다가올 시간을 푸른 꿈으로 색칠해 본다.

이제 기다리는 시간도 얼마 남지 않았다. 이 귀중한 시간을 아주 소중하고 신중하게 사용해야 할 것 같다. 이별의 슬픔이 크다고 만남의 기쁨을 잊을 수야 있겠는가. 기다리자, 기다려야 한다. 절대자가 정해 놓은 결과에 신경을 쓰지 말고, 꿈꾸듯이 기다려 보자. 그것은 아주 흔하게 쓰는 세월이라는 말에 지나지 않지만 사물의 변화를 인식하기 위한 시간이라는 이름의 진정한 의미를 내 가슴에 꼭꼭 담아보자.

모래 위에 쓴 글

언제부터인가 나는 내가 쓴 모래 위의 글을 지우고 그것에 무상과 허무를 느끼고 있다. 그 모래 위의 글은 덧없는 인생의 대명사가 되어 내 가슴의 아랫목을 차지하고 있다. 지금도 모래 위에 글을 계속 쓰고 있다. 그 글은 내가 지우지 않아도 저절로 지워져 없어진다. 다행히 하얀 모래밭으로 환원해 감으로 해서 내가 낙오되지 않은 것 같은 위안을 받는다.

내가 대학을 졸업했을 때 첫 발령지를 바닷가 포항으로 희망했다.

바다! 젊은 시절 얼마나 가슴 벅찬 이름이었던가. 그때 내 그 꿈은 굉장히 밝고, 원대하고, 희망에 차 있었다. 그것은 무슨 정치나 경제와 관련된 타산적인 욕망이 아니라 낭만적 삶의 화려한 이상으로 내 가슴을 더 높이 솟구쳐 풍선으로 띄우는 것이었다.

애석하게도 그 꿈은 첫 직장에서 산산조각이 났다. 상사는 의도적으로 나를 못살게 굴었다. 초년병인 나는 이 고통을 이겨내지 못했다. 병가를 내어 안동 집으로 올라갔다. 실은 직장을 그만 둘 생각이었다. 한 열흘을 집에 있으니 어머니께서 걱정하시는 말씀이 잔소리로 내 가슴을 짓누르자 더 이상 집에 머물 수가 없었다. 다시 포항으로 내려왔다.

나는 매일 저녁 바닷가로 나갔다. 밤안개, 파도소리, 멀리 밤하늘과 맞닿은 수평선을 보고 있으면 신비한 세계의 움직임을 보게 된다. 산은 정지되어 궁금한 것을 만져도 보고, 자세히 들여다볼 수도 있지만 바다는 언제나 움직이고 또 가까이 가볼 수도 없는 신비한 곳이었다. 언제나 멀리서 보기만 해야 하고, 변덕이 심한 날씨와 풍우는 나를 자꾸 긴장하게 했다. 잠시도 멈추어 서지 않고 밀려왔다가 또 밀려가는 물결, 그것을 옛날 최남선 시인은 '처얼썩 처얼썩 척 쏴아아' 라고 표현했다. 나는 더 자주 바다를 찾게 되었다.

모래 위에 글씨를 썼다. 아주 짧은 단어들을 썼다. 언제나 그것을 지우지 않고 그냥 떠났다. 그때 무슨 단어를 썼는지 한 자도 생각이 나지 않지만 원대한 희망을 상형문자로 만들었을 것 같다.

그때는 사랑하는 대상도, 직장에 대한 큰 기대도 그리고 칭기즈칸 같은 야욕도 없었고, 오직 젊은 청춘의 낭만적 열기만 차서 모래 위의 글은 하늘의 별이나 바다의 파도 소리와 어울렸을 것이다. 그 추억은 좀체 지워지지 않고 지금도 가장 아름다운 추억으로 남아 있다. 젊음이라는 보석을 모래 속에 박아놓은 것인가.

세월은 물처럼 흘렀다. 나도 남들처럼 혼인도 하고 아이도 가지면서 남과 똑 같은 가정을 이루게 되었다. 그리고 부모님을 모시고 여섯 동생들과 함께 옛날 이야기처럼 살았다. 그런데 어느 날 가친이 공직에서 큰 사고를 당했다. 회계공무원이 직원들의 월급을 몽땅 빼내 가지고 도망을 간 것이다. 공무원의 생계에 당장 영향을 주게 되니 혹시 어떤 불상사라도 일어날까봐 상부에서 불 같이 독촉을 해 왔다. 너무 많은 액수가 되어 급전을 마련할 수도 없었다. 위에서 공제조합 돈을 우선 내려 보내 주었다. 문제가 해결되자 곧 이어 그 돈을 갚으라고 압력을 가한다. 기관장으로서 책임을 지고 있던 가친은 속수무책으로 전전긍긍했다. 공공기관과 가깝던 은행도 등을 돌렸다. 그로 인해 온 집안은 풍비박산이 됐다.

가친의 월급은 물론 내 월급과 아내의 월급까지 다 동원되어야 했다. 매월 생활비는 온데간데없고 계속된 빚 독촉으로 정신적 고통은 더욱 가혹해졌다. 나는 물질적 고통보다 정신적 고통을 이겨내질 못했다. 바닷가 포항으로 도망가듯 이동해 떠났다. 비굴하게도 부모와 처자식을 다 버리고 먼 바다 모래 위에서 나만의 고뇌를 글로 새기고 있었다.

모래 위에는 글씨가 제대로 써지질 않았다. 발뒤꿈치에 울분을 실어 모래 구멍을 팠다. 그 구멍 속에 글씨 대신 모래 뭉치를 처 넣었다. 연신 바닷물이 쓰다듬어주는 고운 물새 발자국이 더 부러웠다.

밤마다 초저녁이면 울릉도로 떠나는 여객선의 뱃고동 소리가 울려왔다. 끊어질 듯 이어지는 뱃고동은 떠나는 사람이나 보내는 사람의 가슴을 울렸다. 항해사는 남을 울리는 것을 재미로 삼는지 꼭 목메는 소리를 잘 내었다.

"뚜우우 뚜뚜…."

가친이 당한 고통은 오래 끌었다. 집안에는 웃는 날이 없었다. 나는 할 수 없이 일 년 만에 다시 가족의 곁으로 돌아갔다. 아무 소득도 없이 나 혼자 폭격을 피해 숨어 있다가 염치없이 탕아로 돌아간 것이다.

이제는 내 머릿속에 모래를 담아두고 아무렇게나 글을 쓴다. 무슨 도인이나 되는 것처럼 없을 무無자를 수 없이 썼다. 지나고 보면 아무 것도 남는 것이 없지 않은가. 정말 아무 것도 없다. 거기다가 허虛자를 더 보탠다. 인생의 본체는 형상이 없어 볼 수도 들을 수도 없다는 노자老子의 허무虛無를 떠올린다.

귀여운 것은 애를 먹인다

송아지는 참 귀엽다. 멀리서 어미 소를 따라가는 송아지의 모습은 동물이 정겹게 살아가는 한 폭의 그림이다.

그러나 막상 송아지를 키워보면 그 송아지가 얼마나 애를 먹이고 간장을 태우는지 모른다. 벌써 옛날이야기가 될 만큼 세월이 흘렀지만 내가 열 살 되던 해 할아버지 댁에는 암소 한 마리와 그에 딸린 송아지가 있었다. 그 소를 먹이는 일은 어린 내가 맡아야 했다. 학교 수업이 끝나고 집에 오면 책보자기는 방안으로 훌쩍 던지고, 바로 소를 몰고 들로 나가야 했다.

송아지는 동네 안에서는 얌전히 잘 따라온다. 그러나 들에 나가면 제 세상을 만난 듯 멋대로 훌쩍훌쩍 뛰어다닌다. 그 놈이 남의 밭에 들어가서 미친 듯 뛰어다니면 밭주인이 쌍욕을 섞어 고래고래 소리를 지른다.

"이리 안 오나, 이 송아지 새끼야!"

내가 질러대는 소리는 그야말로 우이동풍이다. 그냥 주인에게 사과의 뜻으로 소리치는 허공의 메아리일 뿐이다. 송아지가 말을 알아듣나, 고삐가 있어 끌고 올 수가 있나 내 속만 부글부글 태운다. 밭주인은 곧 나에게 달려올 것 같아 겁이 나서 죽을 지경이다.

"이놈의 송아지, 이리 오기만 해봐라, 때려죽일 끼다."

어미 소도 송아지를 보고 "음매에"하고 소리를 지른다. 그도 눈치는 있다. 나는 비록 어렸지만 성질이 나면 암소 코뚜레를 쥐고 고삐로 사정없이 덩어리를 내리친다. 그러면 소는 겁먹은 큰 눈으로 나를 쳐다보며 내 분풀이를 고스란히 받아들인다.

풀을 다 먹이고 집으로 돌아올 때는 쇠고삐를 길게 늘어뜨려 송아지를 그 안으로 몰아넣으면 암소와 고삐 사이에서 꼼짝 못하고 함께 걸어간다. 그것도 잠시, 멀리서 자동차가 굉음을 내며 달려오면 송아지는 고삐 안을 빠져나가 자동차 앞을 죽으라고 달린다. 운전기사가 클랙슨을 울리면 송아지는 더 달린다. 정말 귀여운 놈이 나를 그렇게 애를 먹인다.

키가 작고 속도 좁은 나는 그 송아지를 때려죽이고 싶어진다. 그러나 이상하게도 동네 안에 들어오면 송아지는 얌전해지고, 내 성질도 가라앉는다. 어미 소도 밖에서는 송아지에 별 관심이 없는 듯하다가 마구간에만 들어가면 연신 송아지를 핥는다. 귀엽다는 뜻인지, 마사지를 해주는 것인지 모르지만 어린 아이 등을 쓰다듬어주는 사람과 다를 바 없다.

송아지를 낳는 모습을 본 일이 있다. 암소가 누워서 산고를 겪다가 송아지머리가 먼저 빠져나오고 어깨까지 빠지려고 하면 벌떡 일어난다. 그때 송아지 몸 전체가 쑥 빠진다. 그러면 암소는 송아지가 덮어쓰고 나온 짙은 액을 혀로 핥아 닦아준다. 조금 있으면 송아지가 벌떡 일어난다. 그러나 바로 걷지를 못하고 비틀거린다. 어른들이 송아지 발톱을 손으로 까서 두 쪽이 되도록 해주면 송아지는 바로 서면서 비틀비틀 걷기 시작한다. 그러다가 이내 어미 소 밑으로 들어가 젖을 문다.

그때의 송아지는 참 귀엽고, 신기하고, 오래오래 함께 살고 싶다. 그 귀염둥이가 조금 크면 그렇게 애를 먹일 줄은 미처 몰랐다.

송아지는 어미젖도 잘 먹고 눈에 띄게 잘 자란다. 젖이 많이 나오도록 콩을 듬뿍 넣고 쇠죽을 끓여 하루 세 번씩 암소에게 준다.

얼마쯤 지나면 암소를 몰고 들로 나간다. 송아지가 비틀비틀 따라온다. 세월이 흐르면 송아지도 풀을 먹기 시작한다.

송아지가 어느 정도 크면 암소도 젖 주기를 싫어한다. 가까이 오면 밀어내기도 한다. 아마 독립심을 길러주려는 것 같다. 이제 혼자 살아갈 때가 왔는가 보다. 할아버지는 집에서 더 키우지 않고 팔기로 결정하신 것 같다.

송아지가 팔려 가던 날 나는 울었다. 결국 귀여운 것은 나를 슬프게 했다. 작은아버지와 소장수 사이에 무슨 흥정이 끝나더니 새끼줄로 송아지 목을 매어 바로 끌고 나간다. 송아지도 처음에는 울음소리를 섞어 몇 번 반항을 하다가 이내 순순히 따라간다. 어미 소는 사흘을 죽도

먹지 않고 송아지가 떠난 곳을 향해 긴 울음소리만 토해냈다.

"엄매에, 엄매에…"

함흥차사로 저항하던 이 태조도 이 소리를 듣고 신하들을 더 죽이지 못했다고 하지 않던가. 그 슬픈 울음소리는 온 집안을 우울하게 했다. 사흘이 지나자 암소도 죽을 먹기 시작하고, 더 울지도 않는다. 모든 것은 떠나간다는 솔로몬의 명언이 여기서도 통한다.

귀여운 것은 애를 먹이다가 결국 나를 슬프게 해 놓고 어디론가 떠나갔다.

새까만 얼굴

고단한 세월에 그을린 내 얼굴을 본다. 주름에 박혀 있는 지난날의 발자취가 초라한 모습으로 다가오고, 빛바랜 시간들이 힘없이 되풀이된다.

욕심인가, 한 번도 내 얼굴이 잘 나 보인 적이 없는 것은. 언제나 시험을 보는 두려움으로 남의 앞에 서지만 그 숱한 고비들을 턱걸이로 넘어온 것이 그나마 다행이다. 선도 보고, 면접도 보고, 여인들 앞에 서보기도 했지만 신은 그때마다 눈을 감아주었다.

얼굴은 천태만상으로 똑같은 얼굴을 가진 사람은 없다고 한다. 그래서 어떤 모델을 닮으려 하지 말고, 그 마음을 닮으라고 했다. 남과 똑 같은 얼굴을 흉내 낼 수는 없지만 최소한 마음은 닮을 수 있기 때문이다.

내 얼굴이 못나도 그것을 버릴 수 없는 것은 내가 불쌍해서이다. 우물 안에 비친 자신의 미운 얼굴을 떠나지 못하는 어느 시인처럼 나 자신을 버리기엔 너무 억울해서 훌쩍 떠나질 못한다.

나도 돌 때는 얼굴이 뽀얗고 예쁘지 않았겠는가. 그러나 그 모습을 나는 보지 못했다. 돌 사진도 없다. 그러나 초등학교 다닐 때의 새까만 얼굴은 기억한다. 꼴망태를 메고 들로 산으로 다니던 모습은 관공서 벽에 걸린 대통령 사진만큼이나 또렷하다. 그날도 꼴망태를 메고 신작로 자갈길을 맨발로 걸어가고 있었는데 어디 멀리서 온 듯한 여인과 내 또래의 아이가 예쁜 옷을 입고 이쪽으로 오고 있었다. 그 아이가 내 망태를 가리키며

"엄마, 저게 뭐야?"

하고 서울말로 묻는다. 나는 어린 마음에도 너무 모욕감을 느껴 어디론가 달아나고 싶었다.

그때 내 얼굴 모습이란, 한여름 뙤약볕에 그을어 빡빡 깎은 머리, 얼굴, 온 몸이 새까맣게 타 있었다. 어느 날이고 들판에서 살다시피 하였으니 영판 빼박은 흑인 얼굴이었으리라. 내가 입은 남루한 옷, 얼기설기 엮은 꼴망태, 새까만 얼굴, 짐승처럼 맨발로 자갈길을 걷는 모습이 서울에서 자란 어느 부잣집 아이에겐 얼마나 신기하게 보였겠는가. 그날 이후 서울에서 왔다고 하면 누구든 곱게 보이질 안 했다. 나는 지금도 TV에서 가끔 아프리카 빈민국의 새까만 소년들의 얼굴이 비치면 그때 내 모습이 떠오른다.

신병은 새까맣다. 고참병이 신병을 가리키는 대명사가 '새까만 놈'

이다.

훈련 기간 중 날만 새면 야외에서 고된 훈련을 계속하니 얼굴이 그을리지 않을 수 있겠는가. 신기하게도 훈련을 마치고 부대 배치를 받고 나면 이내 얼굴이 허옇게 된다. 얼굴색은 계급만큼 희게 되니 하위 계급 자 앞에 붙는 말이 으레 "새까만"이 될 수밖에 없다. 나는 이 수식어를 떼어보지도 못하고 제대를 했다.

아, 그래도 새까만 얼굴에는 젊음이 있고, 희망이 있었다. 가식도 없고 허영도 없었다. 그 새까만 얼굴 속에서도 반들거리는 눈동자는 생기가 있었고, 진취적 기상이 번득였다. 세월은 이 윤기 나는 검은 색을 돈과 명예로 덮어씌워 희멀건 얼굴로 만들었다. 세상은 가면을 쓴 흰 얼굴을 숭배하고, 흰죽처럼 되기 위해서 처절한 불꽃 싸움을 한다.

나는 한 때 영혼과 얼굴을 구별해서 생각했었다. 그것을 아름다운 영혼이라고 하며 영혼 쪽에 편을 들었다. 그러나 다시 생각해보면 영혼과 얼굴이 무엇이 다르겠는가. 그 영혼을 형상화하면 곧 얼굴이 되고, 그 얼굴 속에는 영혼이 잠자고 있으니 무엇이 다르겠는가. 이미 상장上場되어 있는 내 얼굴은 내 영혼으로 행세하고 있다. 얼굴을 보고 영혼을 짚어보고, 영혼을 더듬어 얼굴을 떠올리고 있지 않는가.

돈이나 권력, 명예는 까만 얼굴을 희게 한다. 그것은 가면이지만 현실이다. 영혼을 보고 높은 자리에 올리는 것이 아니고 얼굴을 보고 높이 떠받든다. 뜬 인생에 분수가 정해져 있으니 아무리 발버둥 친다고 그 값이 올라가겠는가마는 욕심은 부귀영화를 갈망한다. 아무 희망도 없는 그 희멀건 얼굴을 희구한다.

　다시 거울을 본다. 나는 그 새까만 시절을 잊고 살았다. 하얀 얼굴 치장에 여념이 없어 새까만 얼굴을 완전히 잊었다. 의기 발랄했던 그 새까만 얼굴은 어디 갔는가. 공허한 추억으로 재생을 가져오지 않는 잔인한 4월처럼 이름만 얹어 놓은 지난날의 가면을 벗겨 본다. 새까만 얼굴이 보일 듯 말 듯 하다가 이내 사라지고 맥 빠진 얼굴이 겨우 나를 지키고 있다.

　고단한 세월에 탈색된 내 얼굴이 새까만 초상으로 떠오른다.

2

세한도

추사(秋史)의 세한도에 그려져 있는 우선(藕船) 이상적(李尙迪)을 밀어내고 그 안에 들어간다. 내가
살던 집이 거기 있고, 소나무와 잣나무가 꼭 내 모습을 하고 서 있다.

세한도 歲寒圖

　추사秋史의 세한도에 그려져 있는 우선藕船 이상적李尙迪을 밀어내고 그 안에 들어간다. 내가 살던 집이 거기 있고, 소나무와 잣나무가 꼭 내 모습을 하고 서 있다. 순수 문인화를 추구했던 추사는 선비의 지조와 의리를 상징적 표현으로 세한도에 담았지만 거기 서 있는 나는 송백의 지조 같은 것은 엄두도 내지 못하고 다만 세한歲寒의 춥고, 배고프고, 누구 하나 감싸줄 것 같지 않은 외로움으로 떨고 있다.

　북위 38도 선을 훌쩍 넘어 휴전선 최북단에 사리한 김회金化 유단리에서 영하 22도의 추위 속에 M1 소총만 의지했던 초병은 세한도 속의 송백처럼 까칠하게 살아남았다. 그때 설한 북풍은 밖에서 나 혼자 울게 했고, 막사 안의 병사들을 동면하는 곰처럼 만들었다. 강산이 네 번이나 바뀌었는데 용하게 그 송백은 아직 살아남아 있다.

　옛날, 시골 학교의 겨울은 몹시 추웠다. 내가 초등학교 2학년 때, 교실은 너무 추워 시간 내내 동동거리다가 수업을 마쳤다. 하교 시간이 되면 모두 집으로 가기가 바빴다. 휘몰아치는 먼지바람에 눈을 뜨지 못하고 마구 달리다가 돌부리에 걸려 엎어졌다. 입에서 피가 마구 쏟아지고 앞니 하나가 빠져나갔다. 너무 추워 아픔도 잊은 채 집 안으로 들어갔지만 거기에는 아무도 없었다. 어머니와 떨어져 할머니 그늘에서 자랐던 나는 언제 할머니가 들어오셨는지, 어떻게 치료를 해주셨는지 지금껏 기억에 남아 있질 않다.

어머니 앞에서 울어보지도 못하고, 병원에도 가보지 못했는데 지금도 앞니가 멀쩡한 걸 보면 그 송백은 무척 명이 긴 것 같다. 초등학교를 졸업할 때까지 병원이란 곳에 가보지를 못해도 그 숱한 병들이 용하게 나를 그냥 스치고 지나갔다. 예방이다 치료다 하는 것은 우리 동네 아이들에겐 사치보다 더한 먼 나라 이야기였다. 그래서 나와 가까이 지냈던 고운 이름들이 하나 둘 하늘나라로 떠났고, 그들은 너무 어려서 세한도 속의 잣나무나 소나무를 구경도 해 보지 못했다.

세한도 속에 묵직하게 자리 잡은 글귀 '한겨울 추운 날씨가 된 다음에야 송백의 절개를 알 수 있다.'는 내가 지금까지 살아남는 데 아무 도움이 되지를 못했다. 명언 성구로 살아남은 것이 아니라 수없이 많은 폭풍우가 지나가도 몇 그루의 나무는 살아남는 것처럼 그저 내가 용하게 목숨을 부지해 남아 있게 된 것뿐이다.

한가한 사람들은 추운 겨울에도 세한삼우歲寒三友라 하여 소나무, 대나무, 매화나무를 불러들여 술잔을 기울였지만 그때 진정한 내 벗은 청솔가지로 군불을 지피고 아랫목 이불에 발을 밀어 넣는 것뿐이었다.

그리고 밤이 이슥하면 숙모가 캄캄한 무 구덩이에서 부엌칼로 무 하나를 푹 찔러 내 오면 그것을 깎아 먹는 재미가 가장 큰 즐거움이었다. 거기에는 먹는 것 외에 사서삼경 같은 것은 존재하지 않았다.

나는 추사의 글씨보다 세한도를 더 좋아한다. 그리고 그 그림 속에서 내 모습을 하나하나 뜯어내 본다. 그림 속의 송백은 푸름을 잃고 떠는 것 같기도 하고, 인고로써 녹음을 기다리며 단꿈을 꾸는 것 같기도 하다. 나무가 꼿꼿한 것을 보면 바람은 자는 것 같다. 바람소리도 들리지 않는데 거기 서 있는 송백은 왜 그렇게 추워 보이는가. 초소를 벗어나면 죽임을 당할 것처럼 꼿꼿하게 서 있다. 잎마저 성글게 붙은 소나무와 잣나무는 해동을 해도 잎이 무성해질 것 같지 않다. 온갖 풍상을 겪은 사람에게 결국 남게 되는 것은 회한의 빈손뿐인 것처럼 그 송백에서 남는 것은 아무것도 없을 것 같다.

그림 속의 발문跋文은 보지 않고 송백만 뚫어지게 본다. 어쩔 수 없이 세한의 추위를 이겨내려고 황량하게 서 있는 송백을 또 본다. 어릴 때부터 아예 나목으로 자라 형벌 같은 풍상에 겨우 명줄을 지탱해온 나 자신이 거기 서 있지 않은가. 가진 것도 없으면서 꼬챙이처럼 뼈대만 꼿꼿이 세워 체면만 지키고 서 있는 내 몸뚱이 위로 한풍이 귀신소리를 내며 지나간다.

산수화山水畵 뒤에서

산수화를 보면 어느 것이나 내 고향 같은 느낌이 든다. 나지막한 오두막집이 보이면 우리 집과 닮은 데가 있는가 찾아본다. 귀소 본능인가. 고향에 대한 향수는 어쩔 수 없는가 보다.

내가 산수화에 호기심을 가지게 된 데는 자연에 대한 고상한 취미가 아니라 그 뒤에 숨어 있으면 세상의 온갖 두려움을 피할 수 있기 때문이다. 선고先考께서도 산을 은신처로 삼으셨던지 호를 요산樂山이라 했다. 염량세태에 실망할 때마다 귀거래사를 읊으며 고향 시골로 내려가려고 하셨다. 그러나 한 번도 고향에서 며칠이라도 유하시는 걸 보지 못했고, 산속에 들어가 산수 속에 자적하시지도 않았다. 결국 산수화 뒤에 숨어 세속의 따가운 눈을 가리기만 하셨던 것이다.

나의 호도 솔뫼다. 산을 방패로 내가 욕심이 없고, 자연 친화적이고, 늘 푸른 꿈으로 살아가고 있다는 현수막만 내걸고 고향에 내려가 농사

지을 생각은 하지 않았다. 부끄럽게도 타인의 시선을 산수화에 묶어 놓고 나는 그 뒤에 숨어 안주하고 있었던 것이다.

　　몇 해 전 국립중앙박물관에 전시된 정선鄭敾의 〈금강전도金剛全圖〉와 〈인왕제색도仁王霽色圖〉를 볼 기회가 있었다. 진경산수화眞景山水畵라 했다. 정선의 그림은 사물을 단순하게 실경實景으로 재현하지 않고, 회화적 구성을 통해 경관에서 받은 정취를 감동적으로 구현하고자 했다. 미학적 안목이나 이론에 궁한 나는 그 그림의 참뜻을 이해할 수가 없었다. 그러나 금강산의 사실적 모습과는 거리감이 있지만 나는 그 그림 속에서 금강산의 진면목이 숨어 있는 것 같아서 오래 그 그림을 눈여겨봤다.

　　진경산수화는 우리의 산천을 주자학적朱子學的 자연관과 접목시키고자 했던 문인 사대부들의 탐승유력探勝遊歷 풍조에 영향을 받았다고 하나 그 사상이 어떻게 금상산의 예각적인 바위 봉우리들을 날카로운 수직 주름으로 요약하여 표현했는지 잘 모르겠다. 진경산수화는 내가 그 뒤에 숨어 은자연隱者然하기에는 만만치 않았다.

　　나는 내 몸을 산수화로 감싸고 현실에 안주하고 있는 모습을 남들이 정선의 금강전도처럼 잘 이해하지 못하고, 난해한 경지로 높여 주었으면 하는 허욕을 부려 본다. 그렇게 생각하면 나는 실경산수화 뒤에 숨어서 자연에 순명하는 것이 훨씬 마음 편할 것 같다.

　　내가 젊었을 때는 내 모습이나 남의 모습을 볼 때, 있는 그대로 실경만 보았다. 나이 드니 진경에 눈을 뜨게 되었다. 잘 보이지는 않지만 깊은 속뜻을 찾아보려고 애를 썼다. 진경眞景은 안 보이는 곳을 표출해 내는 것이고, 보통 사람의 생각이 미치지 못하는 곳을 형상화한 회화繪畵라고 본다. 불국사 아래 영지影池에는 석가탑이 비치지 않았다. 아사녀는 물속에 비친 유영탑을 보고 뛰어들었다. 그의 가슴에 비친 탑은 진경이었고, 그래서 그는 단순한 익사자가 되지 않고, 사랑의 화신이 된 것이다.

심리학자 중에는 자기 능력이나 태도나 주장을 가급적 감추고 드러내지 않으려는 심리적 경향을 요나 콤플렉스라고 한다. 나의 능력이나 태도나 주장을 가급적 감추고 드러내려 하지 않는 속마음은 어쩔 수 없는 무의식적 본능인 것 같다. 나는 절대로 도를 벗어난 행동을 하지 않고, 모난 짓도 하지 않고, 모든 시비에 말려들지도 않는 중도中道만을 걸으려고 했다.

그러나 살아가면서 처세술이 늘어났다. 상황에 따라 카멜레온이 되어 위장술을 쓰게 되었다. 적을 만들지 않아야 오래 살아남을 수 있다고 꾀를 쓴다. 내가 바보가 되었을 때보다 잘난 체했을 때 적의 시선은 날카롭게 나를 겨냥한다는 것도 알게 되었다. 자연히 남들 앞에 나를 폄하하는 데 익숙해졌고, 바보 같은 모습으로 구차하지만 장수하고 싶었다.

나는 아마 태어날 때부터 요나 콤플렉스에 빠져 있었는지 모른다. 내가 아무 욕심 없이 고향에 가서 산수나 즐기겠다고 하는데 누가 나를 욕하겠는가. 그러나 하나님의 얼굴을 피하려고 다시스로 도망하려던

요나처럼 바다에 빠지고, 큰 물고기에게 먹혀 결국 용서를 빌어야 할지 모른다.

도연명도 도피 심리의 굴레에서 벗어나지 못하고 있었다. 맞붙어 대들지 못하고, 은자隱者의 이름으로 방패를 삼아 자연의 변화에 따라 살아가려고 했지만 마음은 얼마나 괴로웠겠는가. 그는 군郡에서 감독관이 도착하기도 전에 향리 소아鄕里小兒들에게 허리를 굽히기 싫어 고향 농촌으로 돌아가 유유자적했다.

내가 숨어 살기에 가장 적합한 곳이 산수화 뒤다. 그러나 가엽게도 내 이상과는 달리 고향에는 내 몸 하나를 지탱할 방 한 칸도 없다. 귀원전거歸園田居하는 꿈도 내 머릿속에서 잠자고 있다. 어차피 나는 오류와 동거하고 있지 않은가. 아직도 나는 언젠가 전원에 돌아가 의고擬古 시나 지으며 살아가고 싶다.

불쌍하게도 나는 이런 도피 심리, 공포 심리, 우유부단성의 굴레에서 벗어나지 못하고 있다. 언제 산수화의 뒤에서 과감하게 뛰쳐나와 자유롭게 이 세상을 활보할 수 있겠는가.

요산樂山

선고先考의 호가 요산樂山이다.

아버지가 등산복을 입고 산에 오르시는 모습을 한 번도 본 적이 없는데 요산이다. 산에 나무를 하러 다니신 일도, 산과 관련 있는 직업에 종사하신 일도 없었다. 더구나 산을 아주 좋아하신다고 말씀하신 적도 없다. 그런데 왜 호를 요산이라 자칭하셨을까?

선고께서 호를 요산이라 정하신 것은 어진 사람은 산을 좋아한다仁者樂山는 뜻이 좋아 따오신 것 같다. 평소 하시는 말씀의 내면에는 사람은 어질게 살아야 한다는 뜻이 언제나 담겨 있었다.

인자仁者의 사랑은 넓고, 깊다. 그리고 모든 사람을 사랑한다. 이는 마치 산이 만물을 포섭하여 성장시키는 것과 같다. 그러면서 산은 영겁의 침묵을 머금고 태연히 움직이지 않는다.

아버지는 이렇게 폭 넓은 뜻을 다 가지고 싶어 하셨던 것 같다.

설날 아침에는 며느리와 손자들에게 세뱃돈 대신 책을 한 권씩 나누어 주셨다. 표지를 재끼면 하얀 간지에 책 받는 이의 이름과 새해 연도를 간지干支로 표기하고 그 밑에 요산樂山이라고 아버지의 호를 쓰셨다. 그리고 호 밑에 낙관을 하셨다. 설날 아침에 나누어 주는 이 책 선물은 KBS의 아침 마당에 큰 며느리가 출연하여 '대물림'이라는 이름으로 최우수상을 타기도 했다.

아버지는 그 호를 무척 좋아 하시고 그 속에 담긴 의미가 당신을 대변하는 것처럼 만족해 하셨다.

요산이란 호를 가진 사람은 많다. 그러나 요수樂水란 호를 가진 사람은 보지 못했다. 슬기로운 사람은 물을 좋아한다[知者樂水]고 했는데 슬기로운 사람을 왜 싫어했을까. 슬기로움을 싫어한 것이 아니라 물은 수시로 요동하고 변하니까[知者動] 그것을 꺼린 것 같다.

귀거래사에는 전원으로 돌아가겠다고 노래했고, 우리는 생을 마감할 때 자연으로 돌아가기를 희망한다. 선조들은 싫던 좋던 모두 산으로 갔다. 바다로 간 사람은 문무대왕뿐이다.

아버지는 공직 생활을 하면서 여러 도시를 전전하셨는데 언제나 고향의 전원을 그리워했다. 그러나 짬이 나도 호미를 들고 텃밭을 가꾸는 모습은 보지 못했다. 전근을 다니던 곳마다 넓은 관사의 빈 터가 있었는데 그곳에 채소를 가꾸고 물을 퍼다 주는 일은 언제나 어머니의 몫이었다.

나는 일주일에 한 번쯤 등산을 한다. 산이 좋아 가는 것 같지만 등행이 목적이다. 요산樂山이 아니라 요행樂行이라고 할까.

논어에 나오는 요산요수樂山樂水는 산과 물의 이야기가 아니고 지知와 인仁에 대한 성격적 차이를 비유한 것이다. 인仁과 산은 정신적으로 생명이 길고, 시종일관하는 휴머니스트라고 본 것이다.

산은 물과 같이 소리를 내지 않고, 까불지 않는다. 유연 자약한 태도로 영원한 침묵을 지키며 만물에 사랑을 베풀 따름이다. 나는 이 경지까지 생각이 미치지 못하고 산에 가면 건강이 좋아지리라는 타산으로 산행을 한다. 등산 장비에 신경을 쓰고 어느 산에 갔다 온 것을 큰 자랑으로 삼는다. 나에게는 요산의 큰 의미가 너무 멀기만 하다.

나는 호를 솔뫼라 자칭했다.

소나무와 산이 좋아 솔뫼라 한 것이 아니고, 그 속에 담겨 있는 송백조松柏操와 인仁을 좋아 해서 솔뫼라 했다. 또 내가 그러한 인간이 되기를 기원하는 소망이 내 호가 되었다.

부전자전인가.

결국 요산의 울타리를 벗어나지 못하고 선고先考의 유지를 계승하고 있는 셈이 되었다. 내 분수에 맞지도 않는 호를 지어 부끄럼도 없이 남용한다. 염치없는 짓이지만 그래도 숭고한 그 뜻을 향해 내 몸을 던져야 한다고 자성할 때는 마음이 조금 가벼워진다.

이제 내가 하는 산행은 단순한 운동이 아니라 인仁을 배우고, 깨달고, 실천하는 마음의 수련장이 되어야 하지 않겠는가.

나는 유명한 에베레스트 원정 대원 말로리의 말을 흉내 내며 혼자 웃는다.

"왜 산을 좋아하는가?"

"거기 인仁이 있으니까."

모래 시계

소동파가 젊었을 때, 한간韓幹의 목마도를 보고 시를 지어 "한간이 그린 그림은 진짜 말 같다."고 했다. 만년에 다시 이 그림을 대하고는 "이제 보니 말보다 금빛 안장이 먼저 눈에 띄네. 말의 본성은 뛰는 것인데…."

가난할 때는 말이 바로 보였는데 벼슬이 높아지고 넉넉해지니 보이는 시각이 달라졌다. 그 뒤 그는 솔직하게 말했다. "기름기 도는 말보다는 생생한 풀을 뜯는 말이라야 말다운 것인데." 그로부터 근 천 년이 지났는데 그의 자성하는 소리가 들린다.

젊었을 때, 나는 아주 예쁜 처녀와 사랑에 빠졌다. 첫사랑이었다. 내 눈에는 그의 인물이나 행동에서 아름답지 않은 것이 하나도 없었다. 하숙집에서 눈만 뜨면 제일 먼저 그의 모습이 떠올랐고, 시간만 나면 만나고 싶었다. 그러나 운명의 신은 그와 영원히 함께 갈 수 있는 길을 허락하지 않았다.

오랜 세월이 흘렀지만 예쁜 그의 모습은 가끔 꿈에 나타나 나를 울렸다. 강산이 세 번이나 바뀌고도 세월은 더 흘렀다. 그런데도 꿈속의 그의 모습은 조금도 변하지 않고 그리움만 더했다.

어느 날, 참으로 우연히 멀리 있는 그를 만나게 되었다. 그의 모습은 지난至難한 세월에 찌들어 꿈속의 모습은 간곳이 없고, 그의 영혼도 각박한 세태에 물들어 티 한 점 찾아 볼 수 없던 순정을 되찾을 수 없게 되었다. 실망의 먹구름이 내 가슴을 덮었다. 그렇게 아름답던 꿈이 운무 속으로 사라졌다.

그러나 얼마 후 그것은 나의 눈이 염량세태에 물들어, 그의 본성을 바로 보지 못하고 있다는 것을 알게 되었다. 그도 나를 보고 얼마나 실망했겠는가. 나는 그것도 헤아리지 못하고 나 자신에 대해서만 무지했다.

금빛 안장도, 사랑했던 사람도 세월이 흐르면 다 사라진다. 모두가 제행무상諸行無常이요 제법무아諸法無我가 아닌가. 모든 깃은 변히고 실체가 없거늘, 영원히 불변하며 실체가 있다고 착각한다. 고뇌는 이러한 집착에서 생긴다.

사랑이 지나간 빈자리를 아쉬워하며, 얼마나 괴로워하고 원망했던가. 이 모든 것이 남의 탓이라고 생각하며, 자신의 허물은 숨기고 감쌌다. 누구나 사랑에는 아무 죄가 없는 것처럼 여긴다. 첫사랑이 결혼으로 이어진 예도 드물지만 이루지 못한 사랑이 자기 때문이라고 자책하는 사람도 드물다. 상대편 가슴의 고통이 얼마나 아픈 것인데 운명이란 변명과 추억이란 낭만으로 얼버무린다.

세월이 흐르고 자신이 외로워지면 지난날을 회상한다. 나이가 더 많아지고 세월의 무게를 느끼게 되면 자신의 과오가 보이기 시작하고, 자성하게 된다. 진정으로 참회하는 마음이 그때 생겨나지만 때는 늦다. 진심으로 사과할 사람은 유성처럼 어디론가 떠나가고 없다.

시간은 모래시계 속에서 천천히 흘러내린다. 지나고 보면 빈 공간만 남는데 거기에 집착하여 얼마나 깊은 고뇌의 수렁에 빠져 허우적거리고 있었던가. 빨리 달아나는 시간을 잡으려고 헛수고를 하고, 부정확한 실험에서 위험한 순간을 수없이 넘기고, 옳은 판단을 얻지 못하여 어렵게 방황한다.

헤어지던 날, 운명이란 단어에다 모든 책임을 떠넘기고, 첫눈 오는 날 만나자는 무책임한 말을 남긴 채 훌쩍 떠났다. 그때 에로스 신은 아무 말도 하지 않았다. 채찍을 쥔 어떤 신도 눈을 감고 있었다. 내 죄는 용서를 비는 기도로써 덮어버리고, 그의 아픔은 아가페의 가면을 쓰고 외면했다. 나는 고해苦海라는 말로 된 방패 뒤에 숨었다.

달콤한 사랑은 추억이란 명칭으로 자리만 옮겨 놓고, 바람 빠진 풍선을 아무 곳에나 버렸다. 헤어짐이 남긴 한숨은 무척 고통스러웠지만 그 통증이 풀린 뒤에는 아무 죄책감을 느끼지 못했다. 시간이 흘러 또 다른 세계를 만나면 거기에 빠져 그것을 즐기기에 정신이 없었다. 만나고 사랑하고 이별하는 것을 무슨 지나가는 통과의식으로만 여기고 설한풍 속에 방황하는 카추샤를 못 본 체했다.

시간이란 노련한 청소부처럼 가해자도 피해자도, 아픔도 기쁨도 다 쓸어가 버린다. 영겁의 시간 속에 다 묻어버린다. 시계 속의 모래는 잘 록한 유리병 허리를 간신히 빠져 밑으로 흘러내린다. 그 모래는 세월 이란 이름으로 모든 것을 덮어버린다. 모래는 자신이 시간이 되는 줄 도 모르고, 세월은 모래와는 아무 상관없이 끝없이 흘러가기만 한다.

목을 벨 것 같던 나의 자성도 이 모래 속에 묻고, 나는 오늘 새로 뜨 는 햇살을 받으며 천연덕스럽게 어디론가 또 가고 있다.

아키타의 눈

아키타〔秋田〕의 설경은 내 고향의 눈 오는 모습과는 사뭇 다르다.

2m씩이나 쌓인 눈을 시루떡 가르듯 도로 양 옆으로 반듯하게 깎아 놓고, 그 사이를 체인도 감지 않은 차들이 거침없이 달린다.

도로 위에 매달린 온도 표지판은 영하 4도를 가리키고 있지만 차들은 질벅거리는 눈 위를 미끄러지지도 않고 잘도 달린다. 이곳 눈은 파우더 스노로 별로 미끄럽지 않다. 내 고향의 눈과는 그 성질부터 많이 다르다.

좁은 일본의 도로는 추월이 불가능해서 속도를 크게 내지는 못하지만 눈이 펑펑 쏟아지는 데도 아무 제약 없이 달린다. 이 지방에는 겨울에도 체인을 감지 못하게 하는 대신 스노타이어는 반드시 착용해야 한다.

길 양 옆으로 울창하게 우거진 삼나무는 눈이 얼어붙어 수빙樹氷을 이루고 있다. 일본의 삼대 미림美林에 속한다는 아키타의 숲은 바로 그림엽서 속의 풍경이다.

아키타 현은 일본 본토의 최북단에 위치해 있다. 1년간 비나 눈이 오는 날이 160일이나 되는데 1월의 강설량이 10m나 되어 일본에서 눈이 가장 많이 오는 지방이 되었다. 온천도 다양하여 유황, 강산성, 라듐, 염수 등 색다른 성분의 약천이 여기 저기 넘쳐흐른다.

겨울이 되면 나는 고향의 눈을 그리며 눈이 많이 오는 곳을 자주 찾는다. 그러나 어릴 때 내가 즐기던 눈은 잘 볼 수가 없다. 펑펑 쏟아지는 눈이 무릎까지 쌓여 사립문 쪽으로 길만 빠끔히 내고, 강아지는 제 세상을 만난 듯 마구 뛰어 다니고, 눈뭉치로 여식아이 머리를 때리면 욕은 얼마나 얻어먹었던가, 그러면서도 그것이 너무 재미있어 젖은 옷이 얼어붙는 것도 모르고 쏘다녔다. 나는 이런 추억을 먼 이국땅에서 다시 만나고 싶어 아키타를 찾았다.

분명 눈으로 이름난 아키타에는 고향 눈보다 더 멋진, 더 예스런 눈이 있으리라 기대했다. 아키타의 눈은 고향 눈보다 더 많고 더 부드럽고 그리 차지도 않았다. 그러나 장엄한 실경도 이린 시젼의 내 고향으로는 나를 데려다 주지 못했다. 여기에는 가난과 그리움이 없어서일까. 촌스런 풋사랑 같은 것이 없어서일까.

관광버스 안에서 청승을 떨며 옛 노래를 흥얼거린다.

"한 송이 눈을 봐도 고향 눈이요…"

여자 가이드가 아키타의 눈에 대하여 열심히 찬사를 섞어 설명을 늘어놓는다. 버스 맨 앞줄에 앉은 나는 그 가이드에게 고향이 어디냐고 물었다. 그는 스스럼없이 내 고향의 이름을 댄다. 나는 고향의 눈을 다시 보게 된 기분으로 나도 거기서 학교를 다녔다고 했다. 그도 놀라면서 무척 반가워한다.

고향 눈보다 고향 까마귀에게 더 정이 갔다. 미모의 그 가이드는 나이 마흔이나 되는데 아직 미혼이라 했다. 외모는 그렇게 나이 들어 보이지 않는데 미혼이란 말에 갑자기 애석한 마음이 든다. 간단없이 외국을 드나들다 보면 혼기를 놓칠 수도 있겠지. 나는 이제 향수병자가 되어 사람까지도 고향의 잣대로 재보고 두둔하고 있다.

아, 나는 영원히 고향의 울타리를 벗어날 수 없는가. 그 향수의 굴레에서 석방될 수도 없는가. 수구초심을 훌렁 벗지 못하는 걸 보면 나는 아직도 동물의 본능에서 더 진화하지 못한 것 같다. 어릴 때의 그 지독한 가난과 배고픔이 사라진 지금에도 그 원시적 추억에다 더 큰 의미를 부여하면서 그 속에서 안주하고 싶다.

그리움이 없는 곳은 고향이 아니다. 누구에게나 고향은 다 옛 고향이다. 고향은 전설 속의 불사조가 되어 눈만 오면 되살아난다.

나는 눈이 펑펑 쏟아지는 아키타의 노천 온천에서 다시 어린 아이가 되어 향수에 빠져 들고 있다.

귀향사 歸鄕辭

돌아가련다 돌아가련다, 빈손으로 돌아가련다. 타관에서 방황하던 탕자가 어머니 젖가슴 같은 고향으로 돌아가련다. 올데갈데없이 누항 陋巷에 떠돌다 빈 가슴으로 돌아가는 고향, 반겨줄 사람도 목 놓아 울어줄 사람도 없는 뒷산 오리나무 숲 속으로 돌아가련다.

고향을 떠나온 지 얼마만인가. 영도 철도 모르던 어린 추억만 남겨두고 황홀한 무지개를 따라 홀홀히 떠났었지. 겁도 없이 영욕에만 눈이 멀고, 재물에만 마음을 빼앗겨 고향마저 잊고 지난 지 강산이 몇 번이나 변했던고. 이제 남은 것이라곤 곧 사라질 몸뚱이 하나뿐인데 무슨 염치로 옛 둥지를 찾아 가겠다고 하는가.

까마귀는 옛 언덕에 울고, 잡풀은 시들어 둑 밑에 누워 있는데 석양도 힘이 빠져 어둠에 묻힌다. 벌레들도 무섬을 타는가, 겁먹은 소리로 마구 울어댄다. 황무지 같은 고향, 그래도 정은 아직 남아 타향에 떠돌던 탕아를 거리낌 없이 맞아들여 주는구나.

내가 고향 쪽을 향해 고개를 돌리면 힘들었던 옛이야기가 무성 영화로 가슴을 울리고, 기러기 떼는 삼각 열을 지어 북으로 날아간다.

광기, 씨돌이, 조하이들, 야생초 같은 이름들이 세월을 바래우고, 그 새까만 얼굴들은 어느새 나무하던 새잣골에다 묻어버렸다. 무엇이 그렇게 좋아 깔깔거리던 가시내들의 때 묻은 치맛자락이 나물바구니와 겹쳐 추억 속에서 맴 돈다.

상여가 들어 있는 엉성한 토막집 앞을 지날 때는 그곳이 왜 그리 무서웠던가. 가끔 문둥이들이 다 허물어진 그 상엿집 처마 밑에 진을 치고 앉아 있으면 우리는 오금이 지려 집으로 줄행랑을 쳤다. 그들이 어린 아이의 간을 빼먹는다는 말에 우리는 혼비백산했다.

고향! 내가 자란 곳인데 그곳은 왜 그리 슬픈 모습을 하고, 가끔 내 머리를 회색빛으로 물들이고 있는가. 고향은 다 옛 고향이고, 사랑도 다 옛 사랑인데 그렇게 소중한 고향이 왜 먼발치에서 희멀건 잿빛을 하고 서 있는가.

간장을 끊던 두견새도 고향에서 울었고, 상여꾼의 만가도 고향에서 청성을 떨었다. 열흘 장마에 앞방천이 터지고 할아버지가 모래에 묻힌 논바닥에서 땅을 치며 통곡했던 곳, 이제는 그 위로 무심한 차들이 마구 달린다.

지주의 땅을 고루 나누어 주고, 새 세상을 만나게 해 준다는 감언에 속아 북으로 내닫던 철이 형은 지금도 어느 먹구름 속에 숨어 있을 것만 같다. 뒷산을 타고 북으로 떠났던 용이 아버지도 영영 소식을 모른다.

고향을 지키는 사람들은 흙속에서 늙고, 어쩌다 출세했다고 뻣뻣한 고개를 곤두세우고 고향을 찾으면 성질 급한 종석이 큰 아베는 저주 섞인 욕설을 마구 퍼붓는다. "문디 같은 자석들…"

고향은 언제나 시름으로 날이 저물었고, 산같이 밀린 일거리는 새벽 잠을 두들겨 깨웠다. 시베리아 농노처럼 한 마디 말도 없이 일에만 찌든 동네 사람들은 세월의 강물에 거저 떠내려가기만 했다. 어쩌다 찾아가는 나를 본 삼촌은 새까만 얼굴에 주름진 미소만 띄우고 꺼칠한 손으로 내 머리를 쓰다듬었다. 그는 유언 같은 것도 없이 운명을 순순히 따라 선산에 묻히고, 그의 봉분 위에는 띄엄띄엄 잔디가 엉성하게 덮여 있다.

죽을 때는 여우도 고개를 돌려보는 고향, 어차피 되돌아가야 하는 고향이 아닌가. 어머니 젖가슴 같은 고향으로 다시 돌아가자.

누항에 떠돌다 빈 가슴으로 돌아가는 고향, 반겨줄 사람도 목 놓아 울어줄 사람도 없는 뒷산 오리나무 숲 속으로 돌아가자.

꿈으로 흐르는 3월의 강

성진이 꿈과 세상을 서로 구별한 데 대하여 육관대사가 허망한 꿈과 참이 크게 보면 같은 것이라고 한 것이 이 소설의 주제가 된다. 구운몽의 내용을 유불선儒佛仙 삼교三敎의 종교적 코스모포리탄이즘으로 보는 것보다 초자연적 관조로 여기는 것이 더 옳을 것 같다.

고대광실에서 누리는 부귀영화도 지나고 보면 다 일장춘몽인데, 3월은 행복의 가면을 쓰고 중생의 발등을 밟고 지나간다. 이 화려한 계절은 잠시 봄꿈으로 인간의 혼을 홀려놓고, 비굴하게 행복을 구걸하도록 만들어 놓는다.

호지에 무화초胡地無花草하니 춘래 불사춘春來不似春이라 한 것도 단순한 화초 때문에 봄 같지 않다고 했겠는가. 진정한 봄 같은 마음이 없으니 봄이 아니라고 했겠다. 낙양의 고관대작, 돈 많은 호걸들도 가난한 마음을 이기지 못하면 고뇌하고 절망하게 되는 것이다.

슬프게 흐르는 3월의 강은 잔인하다 못해 허망한 마음까지 들게 한다. 무상을 가장 절실하게 가르쳐 주는 계절이 3월이다. 이 세상에 영원한 것은 없다. 그래도 인간은 자꾸 가지려고 한다. 눈을 뜨면 사라지는 꿈을 안고 얼마나 욕심을 부리고 있는가. 잠을 깬 어린아이가 꿈속에 간직했던 예쁜 인형을 찾으며 울부짖는 모습을 어른들 세계에서 더 많이 본다.

햇살 바른 들판에 무진장 피어나는 봄꽃은 우리를 더 슬프게 한다. 그 꽃은 내 것도 아닐 뿐 아니라 그 꽃이 열흘을 넘기지 않고 어디론가 떠나가기 때문이다.

얼마 전, 옛날에 나와 함께 근무했던 부인으로부터 전화가 걸려 왔다. 문학지에서 내 이름과 전화번호를 알게 되었단다. 그는 40여 년 전의 목소리로 그동안 서울로 올라와 살면서 이제 할머니가 되었다고 엄살을 뜬다. 그는 느닷없이 그와 한 방에서 같이 하숙했던 여인의 안부를 묻는다. 그 물음 속에는 내가 그를 무척 좋아했는데 지금도 무슨 내왕이나 있는가 싶어 호기심으로 물어보는 것 같았다.

그러고 보니 나도 궁금증이 솟아오른다. 몇 년을 함께 근무했던 그 여인은 어느 날 나를 조심스레 사무실 밖으로 불러내더니 미안한 표정을 지으며 작은 소리로 말했다.

"저…. 제가 결혼하게 되었습니다."

나는 망치로 얻어맞은 듯 얼떨결에 황급히 대답했다.

"예예… 축하합니다."

나는 닭 쫓던 개가 되어 한동안 실의에 빠지기도 했지만 그날부터 의도적으로 그의 소식을 외면했다.

40여 년이 지났다. 서울에서 걸려온 전화가 부질없이 내 마음을 충동질 한다. 대학 동창회 명부를 뒤졌다. 그는 과가 다른 1년 후배였다. 근 3천 페이지나 되는 두꺼운 명부 속에서 그의 이름을 간신히 찾아냈다. 두근거리는 가슴으로 그의 주소와 전화 번호 난을 보았다. 아니, 그 자리에 '작고' 라는 두 글자가 비목으로 박혀 있지 않은가.

그의 젊은 시절, 모두가 탐을 내던 그 우아한 얼굴이 백골이 되다니. 전화를 한 서울의 그의 친구가 더 놀란다.

조금 있으니 서울서 전화가 다시 걸려왔다. 그가 알아보니 8선녀보다 더 예뻤던 그가 딸만 다섯을 낳고 회갑 전에 폐암으로 세상을 떠났단다. 꿈 같은 젊은 시절의 추억이 주마등처럼 지나간다.

그와 아무 연관성도 없는 백호白湖 임제林悌의 시가 떠오른다.

> 청초 우거진 골에 자는다 누웠는다
> 홍안을 어디 두고 백골만 묻혔는다
> 잔 잡아 권할 이 없으니 그를 슬허하노라

부끄럽게도 잔을 잡을 만큼 깊은 인연이 되지도 못했을 뿐 아니라 이미 허무한 봄의 영상이 낡은 흑백 영화로 변하여 어디 흔적이나 남아 있는가. 이제 그의 영상은 너무 낡아 스크린에는 비가 줄줄 새고 있다.

옛날 아름답게 모자이크된 그의 얼굴은 긴 세월의 풍우에 모두 떨어져 흩어지고 말았다. 봄을 누가 아름답다 했는가. 60 고개도 넘지 못한 그 여인은 봄을 얼마나 저주했겠는가. 그는 3월에 혼인을 하고 3월에 전근을 가면서 헤어졌다. 그리고 영영 소식이 끊어졌다. 우연히도 반세기가 지난 입춘 날에 그의 허무한 소식을 들었다.

3월의 강은 꿈 같이 흐른다. 일도창해하면 다시 돌아오지 못할 한 바가지 물로 그냥 흘러 흘러가고 있다. 그것은 모두가 한낱 꿈에 지나지 않는 것이다. 그리고 그 꿈은 눈 깜작할 사이에 사라진다. 욕망도 고뇌도 다 휩쓸어 꿈 같은 3월이 강으로 흐르고 있다. 제행무상諸行無常이란 말이 무겁게 내 가슴을 짓누른다.

황혼

내가 할아버지가 되기 위해 계절은 얼마나 변덕을 부렸던가. 내가 여기까지 올 동안 괘종은 몇 만 번도 더 울었다. 세월은 이마에 주름살을 늘리고 풍우는 얼굴이고 손이고 마구 검버섯을 피웠다.

할아버지라는 이름은 늦은 밤에 떠나는 막차에 붙여진 이름, 어느 산모퉁이 외진 곳에 혼자 피어 있는 들꽃의 이름, 떠내려가고, 잊혀지고, 고독으로 사라지는 대명사가 되었다. 사열 한 번 받아보지 못한 퇴역 장성처럼 경륜도 명예도 뒤로 하고 멀리 서럽게 사라져 가고 있다.

차라리 이 이름을 반납하고 강원도 외딴 절에 가서 공양주가 되고 싶다. 그래도 거기에는 솔바람이 하얀 내 머리를 스쳐 지나가고, 산새들은 누구에게도 차별하지 않는 소리를 지르며 심심하지 않게 주변을 맴돌아 주지 않겠는가. 벌써 세월을 탕진하고 바둑 대전의 초읽기에 몰려 자신의 종말을 두려워하고 있다는 것이 슬프다.

촉박한 시간을 외면하고 죽림칠현처럼 느긋하게 행동하는 나의 속내를 남이 알까봐 두렵다. 가장 강했던 아버지라는 이름의 자리를 물려주고, 할아버지 자리로 올라서면서 나는 갑자기 외롭고 낯선 존재가 되고 말았다.

젊었을 때는 나이를 잊고 살았다. 그때는 나이를 물으면 내 나이보다 불려서 말하곤 했다. 꽃다운 나이보다 더 원숙해 보이고 더 노련해 보이고 싶었다.

그때 젊은 나이는 어떤 것에도 겁나지 않는 방패도 되었고, 창도 되었다. 취직을 해도 되고, 사랑을 해도 되고, 어느 학교에나 입학을 해도 되었다. 유학을 가도 되고, 군에 지원을 해도 되고, 비행사, 운동가, 문학가, 어디에 도전해도 누가 뭐라 하지 않았다.

그때 그 젊은 나이는 희망이요, 용기요, 재산이었다. 돈보다 더 소중한 젊음이 훌쩍 지나가자 황혼은 귀신처럼 달려와 내 나이를 재촉하고 있다.

아버지라는 권위적인 이름에 우쭐할 때도 있었지만 곳곳에서 그 나이가 그물에 걸렸다. 어떤 일이든 처음 시작하기가 두려웠다. 주어진 일을 계속하면서 궤도에서 탈선하지 않으려고 발버둥 치다가 어느새 세월의 밥이 되고 말았다.

드디어 할아버지가 되었다. 그것은 피동적으로 내가 그 이름 속에 갇히게 된 것이다. 비로소 인생이 무엇인가를 골똘히 생각하게 되었다. 안경을 끼고 안경을 찾고, 인생을 살면서 인생을 찾게 되었다. 갑자기 고독해지고 황혼의 씁쓰레한 기운이 온 전신을 휩싸고 만다.

조금만 몸이 불편해도 섬뜩한 감각으로 검은 기운이 머릿속을 채운다. 좌절감이 나를 가로 막으며 전진을 방해한다. 놓친 고기는 커 보이고, 지나간 세월은 다 아름답게 채색된다. 가장 힘들었던 군대 생활도 그리움 속에서 가물거린다.

그래도 노인들은 지난날 무엇인가를 이루어 놓았고 그 토대 위에서 젊은이들이 마음껏 즐기고 있다는 것을 안다. 나도 무엇인가 일을 했구나 하고 자위도 해 본다. 그러나 이것을 알아주는 사람보다 진부하게 여기는 사람이 더 많다.

할아버지라는 이름은 종점의 대명사가 아니고 금자탑 위에 돌을 하나 더 쌓아 보탠 값진 역사가 아닌가. 많은 시간이 그 탑 위에 축적되고 그 시간들은 영광의 색깔로 빛나고 있지 않은가. 그러나 그것을 흠모하고 가치 있게 여기려는 사람은 드물다.

이제는 모든 것을 잊고, 남은 날을 헤아리지 말자. 지난날을 되새기지도 말고 후회 같은 것은 아예 생각지도 말자. 이 세상의 모든 생물은 다 죽는다. 그리고 모든 것은 허무하게 떠나고 흔적도 없이 사라진다.

할아버지도 결국 죽는다. 그러나 사라질 뿐 아름다운 추억은 오래 남을 것이다.

이발소 그림

　지금 회갑을 지난 나이쯤 되면 이발소 그림을 큰 추억으로 간직하고 있을 것이다. 그때는 이발도 오래 하고 정성들여 했다. 머리를 깎고, 목 귀까지 면도하고, 머리 비듬 긁어주고, 세발하고, 고대하고, 기름 바르고, 또 귀지까지 파내 주었다. 그 종목만 열거해도 한 시간이 족히 걸린다.

　그러나 그때 이발소 건물이나 실내 시설은 아주 열악했다. 의자에 앉아 정면을 보면 거울은 아주 작아 머리 모양만 볼 수 있있다. 그때는 큰 거울을 만드는 기술도 부족했지만 워낙 비싸니까 집안에 걸어놓는 거울보다 조금 더 큰 거울이 걸려 있었다. 자연히 그 위에 걸려 있는 큰 그림이 이발소의 분위기를 좌우하게 했다.

　주로 산수화가 그려져 있었다. 산, 초가집, 그 앞으로 강이 흐르고 강 주변에는 나무가 우거져 있었다. 어떤 그림은 돛단배가 조그맣게 강

위에 떠있고, 가끔 목동이 소를 타고 가는 그림도 볼 수 있었다. 이 그림들의 특징은 아주 사실적으로 그렸다는 것과 한번 이발소에 걸리면 그 그림이 바뀌는 것을 보기 전에 단골손님들이 어디론가 먼저 떠난다는 것이다.

어쨌든 이발하는 긴 시간 동안은 이 그림을 봐야 하고, 그 그림은 세월과 비례하여 정이 들고, 내 머릿속에는 그 모습이 고향만큼 잊을 수가 없게 마음 깊이 각인되었다.

중학교에 들어가서 미술 시간이 되었다. 미술 선생님은 자신이 그림 그리는 시범은 보여주지 않고, 폴 세잔이나 고흐의 자화상 이야기만 했다. 그리고 가끔 운동장 큰 느티나무 밑으로 데려가 각자 그림을 그리게 했다. 우리는 나무 이파리 하나도 빠트리지 않고 아주 사실적으로 열심히 그렸다. 선생님은 이런 우리의 그림을 '이발소 그림'이라 혹평을 했다. 그러나 이발소 그림이 무엇이 나쁘다는 것을 가르쳐 주지 않았다.

내가 중년이 되자 이발소 그림이 바뀌었다. 밀레의 만종晩鐘이 걸렸다. 어디선가 '만종'과 '이삭줍기'를 대량으로 복사하여 돌린 것 같다. 나는 6·25를 겪으면서 영어 수학도 제대로 배우지 못했으니 미술, 음악, 체육 시간은 뒤로 밀려 호국단 훈련 시간으로 대체되었다. 워낙 배운 게 없어서 '만종'의 기도하는 부부 옆의 소쿠리에는 감자가 담겨 있는 것으로 알았다. 내 나이 늘그막에 농부의 경건한 감사 기도를 담은 그림으로 여겨졌던 만종의 새로운 비밀을 알게 되었다. 감자 상자로만 알았던 그 통 속에는 가난 속에 불쌍하게 죽은 어린아이의 관이 숨겨져 있다는 것이었다. 너무 비통하게 느껴지면서 동서양을 막론하고 농부의 참담한 비애를 더 깊게 느끼게 되었다.

미술가들은 구상성이 두드러진 그림은 이발소 그림이니, 인테리어용이니 하며 아예 배운 자의 독선을 함부로 내뱉곤 했다. 백화점에 진열된 비싼 그림이나 리어카에 늘어놓고 파는 헐한 그림도 그 가치는 그 장소에 합당한 철학과 분위기에 따라 달라질 수 있다. 이발소에 피카소 그림이 어울리겠는가. 겸제 정선鄭敾의 〈금강내산전도金剛內山全圖〉가 당치나 하겠는가. 예술은 그리 멀리 있는 것이 아니다. 내가 하는 일에 맞는 옷이 편리하고 마음에 든다. 달구지에 안락의자가 필요한 것이 아니라 그냥 걸터앉아 가는 것이 제격이다.

오래전 영국 여행 때 댐스 강 다리 위에서 그림을 그리는 청년을 만났다. 펜으로 런던 브리지를 그리는데 꼭 그 다리 같고 그 밑을 흐르는 물이 정말 흘러가는 것 같은 느낌을 주었다. 검은 잉크를 찍어 펜촉으로 그린 그 그림이 너무 좋아 하나를 샀다. 값도 헐하고 정성이 촘촘히 박혀 있었다. 그 청년은 그것으로 먹고 사는 것 같았다.

나는 그 귀한 그림을 여행 가방 안에 고이 간직하여 귀국한 뒤 내가 평소 신세를 지고 있는 미술 작가에게 주었다. 나는 때 따라 그에게 그림을 받아 집안을 장식하고 있었기 때문이다. 그는 그림을 받고 고맙다는 인사 한 마디를 끝으로 수십 년이 지나도 그 그림에 대한 이야기는 한 마디도 하지 않는다. 아마 그의 눈에는 이발소 그림으로밖에 여겨지지 않은 것 같다.

무식하게도 내 가슴엔 이발소 그림이 가장 정답게 자리 잡고, 고향으로 정착하고 있는데 피카소의 추상화나 정선의 진경산수화는 그보다 정감이 가지 않는다.

이제 아무 것도 남은 것이 없는 나에게 누가 훔쳐갈 만큼 큰 가치를 지닌 그림도 없다. 그냥 소박하면서도 가식이 없는 사실적 이발소 그림이 좋다. 그리고 값없는 청풍과 임자 없는 구름처럼 떠돌다가 이발소 그림처럼 소박한 기억을 남기고 떠나고 싶다.

동병상련 同病相憐

'죽음은 삶이 만든 최고의 발명품, 새로운 결단에 도움을 준다.'

무슨 뜻인지 잘 이해가 안 되는 말을 스티브 잡스가 남겼다. 그러나 죽음 앞에 서 본 사람은 그 말의 의미가 새로운 발명을 위한 연구자의 배수진임을 안다. 죽음 자체는 잡스의 돌격적 행동 지침과는 아무 상관이 없다. 죽음은 생로병사生老病死의 필연적 인간생애의 끝이며 전부일 뿐이다. 가장 확실한 것은 죽는다는 것이고, 가장 불확실한 것은 언제 죽느냐 하는 것이다.

죽음 앞에 서 본 사람은 이론적으로 표현하기에는 힘들지만 제 나름대로의 철학을 가지고 있다. 인간이 가장 무서워하는 암에 걸려 투병하고 있는 사람은 죽음에 대한 공포와 비례하여 삶의 의미를 깊이 생각해 보게 된다.

나는 암의 후유증으로 매일 통증에 시달리고 있다. 병원에서는 진통제만 준다. 센트룸도 주지만 그것은 누구나 먹고 있는, 아주 흔한 영양제일 뿐이다. 암이 재발하여 6개월간 항암 치료를 받은 끝에 바이러스도 사라지고, 다른 부위에도 이상이 없다고 한다. 그러나 나는 계속 아프다.

통증이 조금 심하면 습관처럼 죽음을 생각한다. 죽음 앞에는 온갖 생각이 다 동원되고, 결국 낭떠러지에서 낡은 줄에 매달려 있는 비굴한 자신을 발견하게 된다. 일본의 어느 유명한 스님을 생각해 본다. 그가 죽기 전, 제자들이 모여 앉아 그 큰 스님에게서 무슨 기적이라도 일어나길 기대하고 있었다. 그런데 의외로, 대승은 애절하게 말했다.

"나는 죽기 싫다. 정말 죽기 싫다."

그도 남들처럼 죽었다. 죽음 앞에서 누구나 비굴해지는 것이 진솔한 죽음의 참 모습이다.

나는 죽음에 대하여 초연하게, 아주 어엿하게 그리고 명언을 남기고 죽는 위인들을 의심한다. 그것은 남의 눈과 귀를 속이는 위선이 아닌가 싶기 때문이다. 필연적 자연, 누구도 피할 수 없는 자연 현상인데 거기 무슨 현학적 정의와 설명이 필요겠는가.

내가 수시로 아파하는 모습을 보다못한 아내가 나도 모르게 서울 S 병원에 예약을 했다. 한 달 쯤 기다리다가 겨우 예약일이 되어 둘이는 구세주를 만나러 가는 기분으로 서울로 향했다.

지금 다니는 병원도 국립 의대 부설병원으로 큰 병원이다. 다만 지방이라는 핸디캡을 지니고 있을 뿐이다. 병을 치료하는 데도 서울에 가야 최선을 다 했다고 말할 수 있는가보다. 학교도, 사업도, 정치도 모두 서울로 가야 최고가 되는데, 죽는 것도 서울로 가서 죽어야 영예롭게 죽게 되는가.

병원 안에 암센터는 무척 크고, 혈액 암 부서에는 15명의 담당 의사가 포진하고 있었다. 복도 의자에는 꼭 나 같은 사람들이 많이 순번을 기다리고 있었다. 겉은 멀쩡한데 내면에는 통증으로 고통을 참고 있는 것이 분명했다.

내 바로 앞에서 대기하고 있는 환자는 60대의 품위 있는 부인이었다. 아내가 그에게 물어본다.

"어디가 편찮아 오셨습니까?"

"임파성 백혈병입니다."

"얼마나 되셨습니까?"

"19년째입니다."

옆에서 듣고 있던 나는 깜짝 놀라면서, 그가 동병상련을 넘어 우상처럼 보여 졌다. 나는 6년째이니 나도 그만큼 이 병을 견뎌낼 수 있다는 얇은 계산이 머리를 스치고 지나간다. 신기루 같은 희망의 인개가 밀려와 위안을 준다.

그 부인은 혼잣말처럼 중얼거린다.

"오랜 투병 생활에서 몇 번이나 죽으려고 했지만, 남편과 아이들 때문에 못 죽었습니다."

그 말끝에 남편도 간암 말기로 시골에 내려가 있는데, 오늘 내일 한다고 한다. 결국 그는 병과 함께 살아오면서 자신이 할 일은 다 했던 것 같다. 그는 헛되이 세월을 보내지 않고, 장기전에서 끝까지 싸워 이긴 승자가 된 것이다. 서울 병원에서도 내 통증을 없애는 획기적 방법은 찾아내지 못했다. 다만 나와 같은 환자로부터 위안과 희망을 얻어 온 것이 수확이다. 그것은 육체에도 다소의 긍정적 영향을 주었는지 아픔을 견디기가 조금 수월해졌다.

우리는 누구나 보균자다. 우리의 일생은 이 균과의 싸움이고, 그와 공존하는 지혜를 터득하는 교육장이다. 이 싸움에서 영원한 승자는 없다. 이 병균과 동거하면서 언제나 젊게, 즐겁게, 가치 있게 사느냐 하는 것이 중요하다. 결국 원칙을 얌전하게 따르는 자가 승리하게 되는 것이다.

자정이 지나 닭이 홰를 치며 길게 울음을 터뜨리면 귀신도 제 집으로 돌아간다. 언젠가는 생의 종말이 온다. 이때 함께 괴로워하고 함께 울어줄 상련자相憐者가 있다면 얼마나 큰 위안이 되겠는가.

세상에 무균자는 없다. 꿀처럼 단맛만 보유한 자도 없다. 괴롭고 험한 세상에서 동병상련으로 서로 위로하고 격려한다면 또 다른 행복을 새롭게 창조할 수도 있지 않겠는가. 이제 떠나야 하는 가을 단풍잎도 한데 모여 서로 비비대며 가을을 아름답게 수놓는다.

3

해바라기의 기도

누가 인생을 낯선 여인숙에서의 하룻밤이라 했던가. 생경하고, 낯설고, 춥고, 고독하고 잠은 오지 않고, 바람소리만 쌩쌩나는 낯선 여인숙, 이 짧은 하룻밤도 너무 고달파 닭이 울 때까지 뜬 눈으로 새운다.

해바라기의 기도

　누가 인생을 낯선 여인숙에서의 하룻밤이라 했던가. 생경하고, 낯설고, 춥고, 고독하고 잠은 오지 않고, 바람소리만 쌩쌩 나는 낯선 여인숙, 이 짧은 하룻밤도 너무 고달파 닭이 울 때까지 뜬 눈으로 새운다. 이때 나를 도와줄 사람 하나 없음을 한탄하며 자신이 이 세상 한 구석에 홀로 서 있다는 데 놀란다.

　하는 일마다 설상가상雪上加霜으로 잘못 되어가기만 하는 머피의 법칙을 누구나 당한다. 핀시를 부지고 나면 기가 막힌 문 구기 떠오르고, 급한 행사에 가려고 미용실에 가면 꼭 사람이 밀려 있고, 흔들리는 이는 꼭 노는 날 아침부터 아프기 시작한다. 라디오를 틀면 제일 좋아하는 노래의 마지막 부분이 나오고, 오랜만에 동네 목욕탕에 가면 꼭 정기 휴일이다. 집에 가는 길에 먹으려고 사 넣은 초콜릿은 언제나 쇼핑백의 맨 밑바닥에 깔려 있다.

날을 받아놓고 보면 비가 올까봐 조바심한다. 소풍 날, 운동회 날, 입학식 날 비가 오면 얼마나 우울할까. 그리고는 무엇이 이렇게 만들었는가를 생각해 본다. 성질이 사나운 사람은 꼭 누구 때문인가를 따진다. 그 학교 교장은 일마다 머피의 법칙에 걸리고, 원성을 혼자 뒤집어쓴다. 하나님은 나만 시험의 구렁텅이에서 구해 주시지 않는다고 원망한다.

도스토예프스키를 위대하게 만든 것은 간질병과 사형수가 되었던 고통이었다. 베토벤을 위대하게 만든 것은 끊임없는 실연과 청신경 마비라는 음악가 최대의 고통이었다. 고통은 불행이나 불운이 결코 아니다. 고통은 도리어 행복과 은총을 위한 가장 아름다운 번제물燔祭物인 것이다.

소설가 박완서님은 세상의 빛이 되라는 말씀을 따르기가 어렵다며 주님의 빛을 따르는 해바라기가 되겠다고 했다. 빛이 되자면 자신의 몸을 태워야 하는데 그것이 어렵고 자신이 없어 "그 대신 제 언행이 주님의 빛을 기리며, 부지런히 따라 움직이는 해바라기가 되게 하소서." 라고 기도했다. 그는 힘든 세상을 피해가면서 하나님의 뜻을 거스르지 않는 문학적 애교를 지니고 있다.

세상은 참으로 힘들다. 그래서 내가 불행하다고 생각할 때가 많다. 낯선 여인숙의 하룻밤도 지겹게 느껴진다. 하나님은 나만을 외면하고 침묵하고 있다고 생각한다.

사람은 자신이 기도하는 대로 된다고 한다. 지금 자신의 모습은 자신의 기도에서 이루어진 것이다. 내일 내가 원하는 모습으로 다시 태어나려면 기도하는 자세와 마음을 바꾸어야 한다. 목소리가 크고 세속에 깊이 빠진 사람들을 멀리 해야 하는가, 아니면 함께 같이 가야 하는가? 내가 그들을 구해 내겠다고 하는 것은 큰 오산이고, 그들은 구제할 수 없는 대상이라고 여기는 것은 교만이 아닌가. 다만 그들을 위해서도 밤새워 기도하는 것이 최선의 내 몸가짐이 될 것이다.

여인숙에는 외로운 사람들이 모인다. 정처 없는 길손들이 모인다. 그들에게는 기도가 필요하다. 나는 마음의 평안을 간구하지만 하나님의 손길은 멀기만 하다.

나는 기도한다.

주여! 천 년도 수유須臾같은 이 짧은 여인숙의 하룻밤을 주님의 능력으로 평안케 하여 주시옵고, 머피의 법칙 속에서 헤매고 있어도 남을 원망하지 않고 칭송하게 하여 주옵시며, 언제나 어린애 같은 해바라기가 되어 하나님만 바라보며 영생의 기쁨을 누리게 하여 주시옵소서.

하나님과의 약속

나는 하나님과의 약속을 저버렸다. 나의 아픈 곳을 낫게 해주면 교회에 열심히 다니면서 남을 위하여 좋은 일을 성심으로 하겠다고 기도했다. 그때는 배를 30센티미터나 째고, 담낭을 몽땅 들어내는 큰 수술이었다. 수술이 잘 끝나고 다시 생기를 찾자 이내 하나님과의 약속을 저버렸다.

나는 수없이 많은 약속을 한다. 그러나 그것을 지키고 실행한 것은 별로 기억에 없다. 혹 그 약속을 한 번쯤 이행했다고 하더라도 오래 가지 않는다. 참을성이 없어서일까. 변덕이 많아서일까. 나는 스스로 믿을 수도 없는 내 장래에 대한 약속을 공수표로 난발했지만 지켜진 것이라곤 거의 없다. 도덕책을 베껴 쓴 듯한 이 약속을 지키지 못하고도 죄책감 같은 것을 느끼지 못했다. 내 자신에게 혼자 말처럼 한 약속이기 때문에 구속력이 없어서인가.

약속 뒤에는 핑계가 많다. 지키지 못할 약속을 해서 우선 그 자리를 모면해 놓고 그 뒤에 핑계로 그 약속을 정당화 한다. 아주 소중하게 맺은 언약을 이행하지 못할 때는 거창하게 '운명' 이라는 용어로 방패를 만들고 그 위기를 모면한다.

약속은 유치하게 할 때가 많다. 가장 천진하게 위장을 하고 어린애 같은 소리를 한다. 가장 순진한 체 성경에 나오는 말씀까지 인용한다. "내가 진실로 너희에게 이르노니 누구든지 하나님의 나라를 어린아이와 같이 받들지 않는 자는 결단코 들어가지 못하리라."

아무리 회개를 해도, 용서 받지 못할 이 식언들이 세월의 긴 시간 속에서 아무 탈 없이 지나갈 수 있는 걸 보면 하나님은 무척 관대하다.

〈귀거래사〉를 부른 도연명도 당초 자신에게 한 약속이 농촌으로 가자고 한 것은 아니었을 것이다. 부귀영화, 높은 벼슬을 꿈꾸었을 터이지만 뜻대로 되지 않으니 귀거래사로 체면을 가다듬고 고향으로 돌아간 것이다.

우리는 오류와 동거하고 모순과 함께 춤추고 있다. 소설가 김훈은 "나는 정의로운 자들의 세상과 삭별하였다."고 비통해 하며 초야로 돌아갔다. 그는 자신의 절박한 오류들과 더불어 혼자서 살아가기로 한 것이다. 거기서 《칼의 노래》를 썼다. 나도 차라리 멀리 어디론가 떠나가 이 죗값들을 벗어버리고 싶다. 그러나 하나님의 그림자가 어디 간들 따라오지 않겠는가. 무사히 지나온 위약(違約)들이 귀신 발자국 소리를 내며 계속 따라온다. 언제 쯤 이 공포에서 벗어날 수 있겠는가.

고등학교 시절 악대부에서 함께 나팔을 불던 세 벗은 늙어서도 서로 만나 함께 연주해 보자고 굳게 약속했지만 삶에 찌들어 그 언약을 지키지 못했다. 트럼펫은 서울에, 테너 색소폰은 제천에, 알토 색소폰 나는 경산에, 아직도 살아 있지만 한 번도 함께 만나질 못했다. 첫눈 올 때 다시 만나자던 첫 사랑의 맹세는 둔탁한 세월의 소리에 묻혀 흔적도 없이 사라졌다. 새마을 교육장에서 며칠 밤을 지새우며 국가와 민족을 위하여 죽을 때까지 서로 연락 하자던 그 공무원들은 반년을 넘기지 못하고 소식을 끊었다. 새로운 사조는 그것마저 비웃고, 그때 그 이야기들을 부끄러운 전설로 만들었다.

몇 년 전 다시 큰 병을 얻었다. 살아남기 힘든 백혈병이라 했다. 이제는 하나님께 살려 달라는 기도도, 어떤 약속도 할 수가 없었다. 그 전에 큰 병을 낫게 해준 하나님과의 약속을 지키지 못했기 때문에 염치가 없었다. 그래도 살려 주시리라는 기대감마저 떨칠 수는 없었다. 아내는 내가 보지 않는 곳에서 열심히 기도했다.

그 무서운 병이 기적처럼 나았다. 진심으로 감사 기도를 했지만, 그 은혜 속에 담긴 무언의 약속은 지켜지지 않았다. 학교 다니는 못난 자식이 결석을 밥 먹듯 해도 어버이는 공납금을 대주고, 밥도 먹여주는 것처럼 하나님은 불량한 성도를 살려주시고, 사면도 해 주셨다.

그러나 인간의 오만은 어디까지인가. 시간이 흐르면서 나는 내가 살아남은 것이 당연한 것처럼 여기게 되었다. 그래도 무서운 구석은 있었던지 주일은 꼭 지킨다. 그러나 여전히 숙제도 하지 않고 책가방만 열심히 들고 다니는 학생처럼 성서만 끼고 다닌다.

이제는 아예 철면피가 되어 부끄럼도 없이 기도한다.

"하나님, 저는 하나님을 배신한 적이 없습니다. 게을러서 그랬습니다. 게으른 것이 무슨 죄가 됩니까. 용서하시고 혹시 세 번째 큰 병이 나더라도 꼭 살려주시옵소서. 이번에는 꼭 약속을 지키겠습니다."

섣달의 기도

　일 년 내내 도망치다 이제 더는 갈 곳이 없는 막다른 골목까지 왔다. 이제 꼼짝없이 신에게 붙잡혀 나목처럼 칼날 같은 겨울바람으로 매를 맞게 되었다.

　지난날의 오만과 객기가 얼마나 나의 모습을 치졸하게 만들어 놓았는가. 더는 용서와 사랑을 간구할 수 없는 나목이 되어 한랭한 섣달의 마지막 달력을 붙들고 떨고 있다. 내 이익만을 위해서 불의를 외면하고, 나의 평안을 위해서 사랑에 인색하고, 명분으로 나를 가려 놓고 얼마나 많은 위선을 행했던가.

　섣달, 내 생애의 한 토막이 되는 이 무거운 시간에 지난 일 년을 되돌아보면 참회의 대상들만 남아 있다. 잃은 것보다 이룬 것이 더 많고 버린 것보다 거두어 들인 것이 더 많다고 자부하지만 나목으로 서서 찬바람을 형벌로 맞는 이 시간, 나의 위선과 탐욕과 불의와 인색함이 적나라하게 노출되고 만다.

나는 이 섣달의 남은 달력 한 장을 떼고 새해를 맞이해도 지난해의 회한이 그대로 새해 달력에 달라붙어 나를 괴롭힐 것만 같다. 애통하는 자는 복이 있나니 그들이 위로를 받을 것이라고 하셨으니 이 말씀으로 내 마음이 진정되기를 기원한다.

섣달그믐, 제야의 종소리를 두려워한다. 폐부로 스며드는 그 종소리가 내 치부를 들추어내어 이웃으로 전파할 것만 같다. 이 캄캄한 밤에 오로지 주님의 환한 불빛만을 기다린다. 그 빛을 따라가면 내 추한 죄악들이 씻겨져 나갈 것만 같아 간절히 기도한다.

나는 침묵으로 질책하는 신의 묵언을 듣지 못하고, 그가 나무 뒤에 숨은 나를 발견하지 못하리라는 어리석은 생각에 빠져, 욕심대로 살아가는 내 버릇을 고치지 못하고 있다. 교만과 거짓은 이 어두움 속에서도 다시 새싹으로 돋아나고 이를 억제하려는 항거의 손길은 너무나 나약하다.

주여! 진실로 이 섣달의 그믐밤이 지나고 새해 밝은 햇살이 온 누리를 비칠 때 검고 더러운 옷을 벗고 하얗게, 새하얗게 다시 태어나게 하여 주옵소서.

섣달의 해는 너무 짧고 어둠은 쉽게 장막을 친다. 새해에는 정말 새로운 인간이 되고자 기도하지만 검은 너울을 벗을 시간은 너무 짧다. 새해 아침의 밝은 빛을 말없이 보내주시고 사랑으로 감싸주시는 것을 깨닫지 못하고 얼마나 천방지축 허세를 부리며 잘난 체 했던가.

이제는 아무 것도 할 수 없는 쇠퇴기에 접어들어 자조에 빠져 있다.

새해의 햇빛을 받아도 더 자랄 수 없고, 청량한 바람을 맞아도 더 싱싱해 질 수 없는 황혼, 섣달의 무상함을 그대로 받아야만 하는가. 그래도 거추장스런 옷들을 다 벗어버리고 내년 봄에는 새싹으로 다시 돋아나고 싶다. 아름다운 영혼으로 다시 살아나고 싶다.

주여, 얼음 위의 팽이처럼 채찍으로 가누어 주시고,
긴긴 겨울 나목에게 후려치는 모진 칼바람으로 저를 뉘우치게 하소서.
저의 고독한 회개를 받아 주시어, 이 섣달의 참담한 고통을 벗고 찬란한 봄날에 이르게 하여 주옵소서.
그리하여 캄캄한 폭우 뒤에 일어서는 오색 무지개가 되게 하여 주옵소서.

함께 비를 맞는 사람들

'남을 돕는다는 것은 우산을 들어주는 것이 아니라 함께 비를 맞는 것이다.'

나는 한때 비를 같이 맞겠다고 장애아들이 공부하는 특수학교 근무를 희망했다. 그곳은 고아들 중에서 지체부자유나 정신지체 아이들만 모아 놓은 작은 학교다. 장애아들만 모아 놓은 사회시설에서 독자적인 교육을 감당할 수 없으니 교육청에서 그곳에다가 조그만 학교를 하나 만들어 놓았다.

가슴으로 사랑하고, 몸으로 그들과 함께 생활하겠다는 무지개 같은 꿈을 안고 들어갔는데 금세 시련이 나를 덮쳤다. 남들이 나를 보는 시선은 아주 차가웠고 내가 무슨 부정을 저질러 좌천되었다고 보는 것이었다.

그리고 경사스런 자리에는 나를 초대하지 않았다. 장애아들과 생활하는 내가 축복을 받을 자리에 나타나면 부정을 타게 된다고 생각했다. 내 몸은 온통 전염병 보균자처럼 되었고, 나의 영상은 스쳐만 가도 재수가 없는 그림자가 되었다.

에로스에서 아가페로 가는 길은 험난했다.

태초에 하나님은 인간을 창조하면서 행복도 함께 주었다. 그때 늘어나는 인구만큼 행복도 자연 증가하도록 했겠지만 통째로 준 그 많은 행복을 인간들은 사이좋게 나누어 가지지 못했다. 그들은 행복을 고루 나누어 가지기는커녕 그것을 독점하고 불행한 사람들을 업신여겼다.

인간은 뒤늦게 소득 분배를 주장하며 물질적 행복을 나누어 가지려고 애썼다. 그러나 진정한 행복은 정신적인 데 더 큰 비중을 지니고 있다는 것을 외면했다. 가난한 것을 걱정하지 말고 고루 돌아가지 않음을 걱정하라〔不患貧患不均〕는 교훈도 물질적인 면으로만 생각했다.

목소리가 높은 사람들은 남의 행복을 억지로 빼앗으려 한다. 자신의 행복을 나누어주려는 사람은 목청을 돋우지 않는다. 비를 함께 맞는 사람은 가슴으로 사랑을 전한다.

나는 장애아들과 함께 생활하면서 이상한 것을 발견했다. 장애아들은 자신이 조금도 불행하다고 생각하지 않는다. 정신이나 육체의 불편한 모습을 숨기지도 않고 그것을 부끄럽게 여기지도 않는다. 더구나 비관하거나 좌절하는 모습은 찾아볼 수가 없다.

건강하고 부유한 자가 오히려 더 불행해 하고 비관한다. 인간은 끊임없이 만족하지 못하는 존재로 진화되었는가. 이 세상의 원초적 공통점은 모든 것이 부족하다는 것이다. 가난한 사람이나 넉넉한 사람이나 자신의 주머니를 채워도 채워도 항상 부족해 한다. 가난한 사람들보다 부자들이 채워지지 않는 주머니에 더 실망하고 있다.

고린도 사람들에게 보낸 사도 바울의 기록은 아가페 사랑이었다.

"내가 사람의 방언과 천사의 말을 할지라도 사랑이 없으면 소리 나는 구리와 울리는 꽹과리가 되고, 내가 예언하는 능력이 있어 모든 비밀과 모든 지식을 알고 또 산을 옮길 만한 모든 믿음이 있을지라도 사랑이 없으면 내가 아무 것도 아니다."

이 사랑은 주는 사랑이요, 먼저 하는 사랑이요, 영원불변의 사랑이다. 이 높고 깊은 사랑은 지금 어디에 숨어 있는가.

3월 초, 교실은 냉기로 가득 찼다. 장애아 5, 6명이 한 반으로 된 교실 한 칸은 추위를 더 느끼게 했다. 나는 그들을 따뜻하게 해 주고 싶었다. 모든 교실 바닥에 카펫을 깔았다. 아동들이 몇 명 되지 않으니 한 장씩이면 족했다. 시설에서 안고 온 전신마비아를 거기에 눕히고 담요로 덮어주었다.

먹을 것을 가져오는 사람들이 많아졌다. 이 세상은 착한 사람이 더 많고, 함께 비를 맞으려는 사람도 불어났다. 신기하게도 성하지 못한 사람들의 세계에서 아름다운 모습을 더 많이 보게 되었다. 세상은 엄한 법으로 유지되는 것이 아니고, 할머니 손 같은 자비로 지탱하고 있는 것이다.

영화배우 엄앵란 씨가 빵을 한 차 싣고 찾아왔다. 아이들은 빵보다 사인받기를 더 좋아했다. 자신의 몸도 주체도 못하면서 유명한 배우의 사인은 꼭 받아보고 싶었던가 보다. 그는 전 교실을 일일이 돌면서 아이들을 안아주고 다독여 주었다. 아이들은 공책에 쓰인 사인을 들고 법석을 떨었다. 그날은 모두가 행복했다.

나는 큰 바위만 소중하게 여기고 조약돌은 등한시했다. 거품 같은 허영에 온 마음을 쏟았다. 물고기 눈처럼 코밑만 보고 멀리 보지를 못했다. 참으로 소중한 것은 눈에 보이지 않는 것인데. 마음으로 보아야 한다. 더 확실하게 보려면 뜨거운 마음으로 보아야 한다. 그리고 문구멍으로 세상을 보지 말고 마음을 활짝 열고 작은 소망으로 세상을 보아야 한다. 행복은 그 속에 있는 것이다.

내가 장애아들과 함께 비를 맞고 있을 때, 행복은 무지개 같은 오색 옷을 입고 우리를 찾아왔다.

청도역의 외갓집

청도 기차역에서 무궁화호 열차를 기다리다보면 언제나 약간의 시간이 남아돈다. 천천히 대합실에 들어서면 그 안에 아담한 방으로 꾸며진 대합실이 또 하나 있다. 옛날 2등 차표를 소지한 승객만이 들어가는 특실 같은 느낌이 들어 조금 주뼛거리다가 안으로 들어가면 꼭 다방 같은 기분이 들어 참 좋다.

편안하게 의자에 앉았다가, 벽면을 둘러보면 이호우 시조시인의 시가 첫눈에 들어온다. 첫수를 읽고 다음 수에 접어드는데 벌써 가슴이 달아오른다.

원두막에 달이 오면
노래도 불러보고
벌레 우는 밤은

추억도 되새기며
외롬이 싸주는 정에
담북 취해도 보자오.

　대구에서 두 역밖에 떨어지지 않은 이 시골 역은 그 분위기가 먼 곳
에 혼자 와 있는 듯 외로운 느낌마저 들게 한다. 아예 역원도 지켜서있
지 않은 개찰구를 나가면 오른 쪽으로 시골 농촌에서만 볼 수 있는 농
기구가 진열되어 있다. 이름을 '청도역 전통 생활 문화관' 이라 했다.
쟁기, 달구지, 물레, 호미, 괭이들이 열거되어 있다. 전시장을 지나면
그곳에는 그림 같은 '외갓집' 이 나를 맞이한다. 안채, 사랑채, 헛간까
지 다 있는데 방문은 열려 있다. 꼭 옛날 나의 외갓집과 모양이나 크기
가 너무 빼닮아 외할머니를 찾아 두리번거리게 한다. 거기서 조금 떨
어진 곳에는 새마을호 객차도 한 량 전시되어 있지만 거기는 가보고
싶지 않다. 외갓집에 내 혼이 몽땅 팔렸기 때문이다.
　나는 어쩌다 세 살 때부터 부모와 떨어져 할아버지 양위분 슬하에서
자라게 되었다. 자연히 나는 외로움을 많이 타게 되었다. 그러나 다행
이도 500미터쯤 떨어진 곳에 외할머니 댁이 있어 위안이 되었다. 날만
새면 나는 연봉리 외갓집에 가서 외할머니를 만나는 것이 일과처럼 되
었다.
　어머니는 외할머니의 막내딸이었고, 귀여움을 독차지했다. 외할아
버지도 일찍 돌아가시고, 아들 둘도 미성으로 세상을 떠났다. 딸 둘도
출가시키고 나니 혼자가 된 외할머니는 막내딸에게 온 정성을 쏟아 부

었다. 열여덟 살에 시집을 보낼 때는 사위에게 집 한 채와 논 세 마지기를 사 주었다. 어린 나이에 고시 합격으로 철도국에 다니는 사위가 너무 자랑스러워 외할머니는 입버릇처럼 '조선 천지에 둘도 없는 사위'라고 자랑했다.

내가 할아버지 댁에 와 있을 때, 외할머니는 외손녀는 많았으나 외손자는 나뿐이었다. 당신은 나를 장손처럼 소중하게 생각하며 애지중지했다. 더구나 세 살 때부터 어미와 떨어져 있는 내가 무척 불쌍하게 여겨져 나에게 온 정성을 다 쏟았다. 내가 외할머니 댁에 가면 화롯불 위에는 된장이 보글보글 끓고 있었고, 아랫목 이불 밑에는 놋그릇 하나가 뚜껑을 꼭 뒤집어 쓴 채 묻혀 있었다. 그 안에는 하얀 쌀밥이 가득 담겨 있었다.

할아버지 댁은 작은아버지 두 분과 나까지 합쳐 다섯 식구가 살았다. 무척 가난하여 외할머니가 사준 집에서 세 마지기 논농사를 지어 근근이 호구를 지탱했다. 언제나 보리밥 아니면 호박죽이나 국수로 연명했다. 그런 생활을 하다가 외할머니 댁에만 가면 내 앞에 내어놓는 하얀 쌀밥과 고기까지 넣어 빡빡하게 끓인 된장을 마주하게 되니 나는 설귀가 들린 듯 정신없이 먹어댔다. 할머니는 막내딸을 보는 듯 불쌍한 내 모습을 뚫어지게 보고 계셨지만 나는 그것을 의식하지 못한 채 먹는 데만 정신이 팔렸다.

집으로 돌아올 때는 꼭 5전짜리 동전을 내 손에 쥐어주셨다. 오다가 소비조합 앞을 지나면 거기에는 어김없이 야끼모(군고구마) 장수가 기다리고 있었다. 5전을 주면 야끼모 세 개를 주었다. 나는 입 언저리를 새까맣게 칠갑하면서 그것을 다 먹었다. 그때가 일제강점 말기, 태평양 전쟁 패전 직전이었으므로 집집마다 먹을 것이라고는 호박, 감자, 채소뿐이었다. 일본인은 공출이라는 이름으로 먹을 것은 물론 놋그릇까지 다 빼앗아 갔다. 숟가락도 나무로 만든 것을 썼다. 그때 쌀밥을 배불리 먹을 수 있다는 것은 구중궁궐의 왕자나 다름없었다.

세월이 많이 흘렀다. 이제 기억에 남는 것도 별반 없는데 외갓집만은 그때 모습이 하나도 손상되지 않고 또렷이 남아 있다. 그런데 아! 청도역에서 70여 년 전의 외할머니 댁을 만나게 되다니, 너무 감격스러웠다. 다시 방안을 들여다본다. 외할머니는 보이지 않는다.

나는 10년을 외할머니 사랑 속에서 자라다가 초등학고 졸업을 앞두고 사범학교에 입학시켜야 된다는 핑계로 아버지는 나를 빼앗듯이 데리고 갔다. 떠나던 날 외할머니는 동구 밖까지 따라 오면서 울음을 그치질 못했다.

내가 고향을 떠나고 얼마 지나지 않아 외할머니는 세상을 하직했다. 나는 멀리서 임종도 못하고 울음으로 할머니를 그리워 할 수밖에 없었다.

그 옛날, 외갓집은 언제나 노을이 사라지는 빈 하늘처럼 보였다. 들녘에 서서 어둠이 외갓집을 덮을 때까지 추억의 날개를 접지 못했다. 세월이 흐를수록 슬픈 추억으로 내 가슴속에 결석이 되어 굳게 박혀 있다.

기차가 청도역을 출발한다. 나는 차창 너머로 멀어지는 외갓집에서 눈을 떼지 못한다. 이제 보이지 않는 외갓집, 빈 차창에 입김을 불고 이호우님의 시조 마지막 수를 손가락으로 그려 본다.

넓은 하늘 아래
목숨은 푸른 것이요
가슴에 이끼를 가꾸긴
피가 진하지 않으오
사랑이 해처럼 밝은 곳
임이여 나와 가자오.

소인 없는 편지

3월에 웬 눈이 그렇게 많이 옵니까? 사흘이 멀다 하고 궂은 날이 계속되더니 기어이 오십 몇 년 만에 가장 많은 눈이라며 신문·방송을 뒤흔들어 놓았습니다. 그러고도 날씨는 자주 변덕을 부리더니 3월 11일, 짙은 안개에 실은 슬픈 소식이 전해왔습니다.

법정 스님이 입적한 것입니다. 작년 2월에는 김수환 추기경이 선종하시고, 5월에는 장영희 교수가 떠나고, 이해인 수녀는 성 베네딕도 수녀원에서 암으로 투병 중이라는데, 법정 스님이 눈 오는 3월을 넘기지 못했습니다.

모두 자식도 없고, 돈도 없지만 영원히 간직할 좋은 글을 남기신 분들인데 저 세상에서 왜 자꾸 데려가는지 모르겠습니다.

욕심으로 우리를 괴롭히는 것은 집착하는 마음이라 했는데, 자식도 재산도 없이 무소유만 남기고 새벽에 지는 달빛처럼 조용히 사라졌습니다. 무주상보시無住相布施, 누구에게 좋은 일을 했는지조차 그것을 자신의 마음속에 담아두지 않으려 했으니 그 삶이 얼마나 아름답습니까.

G님!

당신은 오래 전부터 그분들의 글 속에서 인간의 내면세계를 발견하고, 당신의 외로움을 위로 받았다고 했지요. 글을 쓰면서 그분들의 깊고 따뜻한 가슴을 사랑했지요. 글 속에서 인간의 본성을 찾으려 했고, 그것을 실현해 보려고 애를 쓰던 당신의 모습이 선합니다. 그리고 사랑하는 것이 미워하는 것보다 더 힘 든다고 하면서, 회자정리會者定離를 예고했습니다. 아예 헤어질 것을 전제하고 만난 것 같습니다.

당신은 인간적인 고통과 아픔을 글 속에 담고, 그것이 어떤 가치를 지니고 불멸과 무한으로 연결되는가를 보여주려고 무척 고심했습니다. 파고 또 파도 고뇌를 씻어줄 샘물이 나오질 않자 때로는 좌절하고 때로는 어디론가 떠나고 싶다고 했지요. 당신은 제행무상諸行無常에서 헤어나지 못함을 무척 괴로워했고, 일체개고一切皆苦에서 벗어날 수 없음을 한탄했습니다.

3월에 내린 눈은 80센티미터를 넘기고, 그 눈은 우리가 잘못 살았던 지난날의 아픔을 따뜻하게 덮어주었습니다. 마음에 담아두지 않는 것이 괴로움을 더는 방법이라고 했지요. 우리는 아무 책임감도 없이 눈이 많이 오는 날 만나자고 빈 말만 남기고 훌쩍 떠났지요. 우리는 그 비단 같은 말 속에다가 부끄러운 죄와 책임을 감추고, 빗발치는 총탄을 피해 숨는 데만 급급했습니다.

G님.

6년 전 3월, 내가 백혈병으로 입원하기 전날, 당신과의 마지막 통화에서 평생 잊을 수 없는 말을 내 가슴에 새겼습니다. 내가 입원하면 다시 보기가 힘들 것 같다고 하자, 당신은 아무 말도 못하다가 모기소리만하게

"잊지 마세요. 제가 언제까지나 선생님과 함께 하고 있다는 것을."

나는 사형수에게 주는 마지막 커피 같은 향내를 맡고, 그 말을 기억하는 동안 나는 죽지 않으리라 믿었습니다.

나는 그 무서운 죽음의 터널을 지나면서 그 말 한마디로 루키미어 (leukemia)를 이겨 냈습니다. 진료의뢰서마다 기록되어 나오는 암이라는 단어, 그 무서운 루키미어에서 벗어나게 되어 얼마나 기뻤는지 모릅니다. 항암제를 맞는 시간, 마스크를 하고 지루한 시간을 보낼 때, 당신의 그 말 한 마디를 붙들고 얼마나 용을 썼는지 모릅니다. 결국 법정 스님도 데려가고 장영희 교수도 데려간 그 무서운 암, 그것도 혈액 암을 이겨냈습니다.

그러나 가을이 되자, 낙엽처럼 당신의 소식은 끊어지고, 예쁜 모습도 볼 수 없게 되었습니다. 나는 이 슬픔으로, 정호승의 시같이 선암사 해우소 앞에 가서 실컷 울고 싶었습니다. 그리고 나는 인생에게 여러 번 술을 사주었으나 인생은 나를 위하여 단 한 번도 술 한 잔 사주지 않았음을 서운해 했습니다.

이것은 원망이 아니고 흐트러지는 내 마음을 추스르는 몸부림이었는지 모르겠습니다. 정말 살아 있다는 건 아프고도 아름다운 것이었습

니다. 죽지 않으려고 몸부림칠 만한 가치가 있는 세상이지만, 사랑을 영원히 간직하지 못하는 무상無常을 원망합니다.

G님.

3월 하순인데 강원도에는 또 눈 소식이 전해옵니다. 눈은 4월에 내려도 싫지는 않을 것 같습니다. 그것은 하얀 눈 같은 추억을 되살릴 수 있기 때문입니다.

나는 기도하며 기다립니다. 당신이 눈 덮인 어느 산야 양지바른 곳에서 이름 모를 야생화로 다시 피어나기를 간절히 기도합니다. 그리고 내가 병원에서 살아나와, 당신에게 거수경례로 생환 신고를 하던 그 모습으로 다시 만나고 싶습니다.

겨울이 오는 소리

벽에 걸린 달력이 11월에 멈춰 섰다.

좋은 계절을 다 보냈다는 추억을 단풍으로 물들이고, 이제 모든 것은 동면으로 들어가야 한다는 전령을 귀뚜라미 울음으로 전해 온다.

겨울은 헐렁한 낭만도, 소걸음 같은 느린 철학도, 정체를 알 수 없는 연민 같은 것을 허용하지 않는다. 북풍은 우리를 잠시도 지체하지 못하게 재촉하며 다그친다. 그래도 따뜻한 구들방에서 들려주는 옛이야기는 잠시 추위를 차단해 주는 별세계가 아닌가.

겨울을 낭만으로 여기는 자는 휴전선 대청봉 능선에서 초병으로 하룻밤만 지내보라. 겨울이 얼마나 혹독하고 잔인한가를 체험할 수 있을 것이다. 나는 추위를 많이 탄다. 한겨울 밖에 나가 찬바람을 쏘이면 눈물부터 난다. 그러나 추위는 방황하는 영혼을 한데 모으고, 집중력을 높이기도 한다. 최전방에서 겨울을 난 것이 가장 강하게 기억에 남고,

그것은 평생을 살아가는데 어려움을 이겨내는 동력이 되기도 했다.

아파트 방안에서는 겨울이 오는 소리를 들을 수 없다. 다만 TV 일기 예보에서 겨우 그 소리를 들을 수 있다.

나는 가을이 깊어지면 겨울을 준비한다. 그러나 언제나 부족한 준비로 후회와 아쉬움을 남기고 허전한 봄을 맞이한다. 매사에 지각생처럼 때를 놓치기 일쑤였고 빠진 것은 헤아려 볼수록 불어나기만 했다.

나는 옷깃을 여미고 자만에 찼던 자신을 자책하며 자세를 바로 잡아 본다. 한겨울 눈사태는 분수를 모르고 방심하고 있는 자에게 몰려온다. 나 때문에 추위에 떨어야 할 사람을 생각하고, 이 겨울에 먹이를 찾지 못하는 산짐승들을 걱정한다. 눈이 쌓이면 산돼지들은 새끼를 몰고 동네 어귀까지 내려와 먹이를 찾아 헤맨다고 한다. 얼마나 위험한 짓인가. 먹기 위해서는 생명도 담보해야 한다.

학창 시절, 동복을 입으며 겨울이 오는 소리를 듣는다. 이상하게도 매년 동복을 입을 때마다 먼 앞날을 생각하고 새로운 각오를 했다. 하복을 벗고 동복으로 갈아입었을 때 정장을 한 완벽한 학생이 되었다는 기분이 들었다. 언제나 학년의 출발은 동복을 입고 시작했다.

교정에 선 나무들이 늦가을의 냄새를 풍기고 있을 때 전교 조례 시간이 되었다. 생활지도부장이 단 위에 올라섰다. 그는 멋이 있는 미사여구로 겨울이 오는 소리를 전하고 싶었다.

"뜰아래 개나리 피고 지고, 기러기 울어 울어 가을은 깊어 가는데…"

여기까지는 잘 나갔는데 다음에 이어갈 구절이 떠오르지 않았다. 그는 느닷없이 소리를 질렀다.

"내일부터 동복 입고 와!"

학생들은 박장대소했다.

생활지도부장의 예고대로 겨울은 어김없이 찾아왔고 기러기 울음보다 따뜻한 동복이 더 요긴하게 학생들을 감싸 주었다. 그해 겨울 학생들은 몸과 마음이 훌쩍 컸다.

겨울의 문턱에는 꼭 비가 오고, 기온이 내려가고, 바람까지 불어온다. 소리 없이 찾아오는 봄이나 여름보다는 확실히 티를 내며 사람을 긴장시킨다.

겨울이 없는 열대 지방 사람들은 긴장감이 부족하다. 아예 긴장할 필요가 없는 것 같다. 그래서 세계를 지배했던 영웅들은 겨울이 있는 지방에서 태어났다. 그리고 겨울처럼 매섭고 잔인하게 사람들을 지배했다.

겨울이 온다.

황혼으로 치닫는 아픈 가슴을 안고 이 겨울을 무사히 통과해야 겠다고 마음을 다진다. 외로움 속에서도 살아남아야 겠다는 결심을 강하게 해본다.

겨울이 오는 소리가 들리면, 아예 겨울을 포기한 낙엽이 지천으로 떨어진다.

출구出口

뒤돌아보면 나는 언제나 그 먼 길을 혼자 걸어왔다. 고독은 숙명인
가. 누구나 영원히 함께 해주는 사람도 없고, 홀로 겪어야 하는 고뇌를
피해갈 수도 없다. 왜 인생을 어렵게 산술 문제로 만들어 억지로 풀려
고 하는가. 인생은 그저 혼자 왔다가 혼자 가는 것이 아닌가.

이와 반대로 불행은 홀로 오지 않는다. 엎친 데 덮쳐 슬픔을 가중시
킨다. 역사는 불행했던 일들을 모아 놓은 발자국이고, 고독의 몸부림
을 단막으로 연출한 소인극이다.

정의나 행운은 언제나 뒷전에 밀려나 있고, 불의와 불행이 활개를
치며 설쳐댄다. 어쩌다 불의가 한 눈을 판 사이 정의는 수줍게 제 모
습을 드러내다가 희미하게 밝아오는 아침 햇살에도 별처럼 사라지고
만다.

우리는 언제나 불안한 시간을 헤쳐 나가야 하는 운명을 뒤집어쓰

고, 아무도 도와주지 않는 고독을 두려워하고 있다. 어렵고 힘들 때 누군가 나와 동행해 주기를 기대하지만 그런 행운은 쉽게 찾아오지 않는다.

저승사자는 사람을 잡아 갈 때 꼭 한 사람씩 따로 잡아간다. 그래서 나 혼자 있다는 생각이 들면 겁이 덜컥 난다. 어린아이라도 함께 있으면 다소나마 위안이 된다.

나는 어린 시절을 농촌 할아버지 댁에서 보냈다. 부모와 멀리 떨어져 있다 보니 할머니와 잠시도 떨어져 있질 못했다. 할머니는 혼자 있는 손자가 불쌍해서 밤이면 나를 꼬옥 안고 잤다. 어쩌다 혼자 있을 때면 울음으로 무서움을 막아내야 했다. 눈물이 나지 않아도 울음소리를 크게 내면 무서움이 어디론가 사라졌다. 그것은 외로움을 벗어나려는 몸부림이었다.

어느 여름 장마철, 비가 억수로 쏟아지는 밤이었다. 할아버지는 수박밭 원두막에 혼자 계셨다. 원두막과 가까이 있는 감천강 방천 둑은 몇 년마다 한 번씩 터졌는데 그때마다 선산면의 온 들이 강모래로 뒤덮였다. 그 옛날, 산에는 나무 한 그루 없었으니 큰 비만 오면 산 흙이 그대로 냇가로 떠내려 와 강바닥을 금세 몇 자씩 높여 놓았다. 치산치수라는 말도 들어보지 못한 옛 시절이다.

삼촌은 할아버지가 걱정이 되어 그 밤중에 원두막으로 가야 했는데, 그도 얼마나 무서웠던지 어린 나를 데리고 갔다. 초롱불을 들고 다니던 그때, 삼촌은 폭포처럼 쏟아지는 소낙비 속에서 내 손을 꼭 잡고 논

둑길을 걸었다. 천지는 깜깜하고, 장대비 속에 천둥소리와 번갯불이 우리를 더욱 겁나게 했다. 도깨비불이 연신 이쪽에서 저쪽으로 쭈르륵 내닫다가 사라지곤 했다. 나는 그 도깨비불이 제일 무서웠다. 언제 나에게 달려들지 모를 일이 아닌가. 나는 삼촌 손을 꼭 잡았는데 그 손을 놓치면 귀신이 나를 잡아갈 것만 같았다.

겨우 수박밭에 도착하여 할아버지를 모시고 오려했으나 할아버지는 끝까지 그곳을 떠나지 않겠다고 우겼다. 난파선을 지키며 배와 함께 물속으로 사라지는 선장처럼 밭을 끝까지 지키겠다고 하신다. 할 수 없이 삼촌은 다시 내 손을 꼭 잡고 집으로 되돌아 왔다.

그 후 삼촌은 6·25 때 혼자 저 세상으로 먼저 떠나고, 자식을 가슴에 묻고 상심하시던 할아버지와 할머니도 얼마 뒤 세상을 하직했다. 내가 장손으로 그때 일들을 생생하게 기억하고 있으니 60년의 세월도 선명하다. 숙모님은 아직도 살아계시지만 아들딸들을 먼저 다 떠나보내고, 손자와 함께 살고 계신다. 떠난 이나 살아 있는 이나 모두 혼자다.

누구나 원한다. 동행하는 사람으로부터 사랑도 받고 싶고, 위로도 받고 싶고, 함께 울고 웃으며 오래오래 살고 싶다. 그것은 한낱 기도 속의 소망에 지나지 않지만 신을 믿는 사람은 영원히 그가 함께 해 주리라 믿는다. 사랑하는 사람도, 친구도, 자식도 함께 떠날 수는 없다. 고독을 이겨내고, 외로움을 참으며, 혼자 살아가는 지혜와 힘을 간직하는 수밖에 없다.

나도 혼자 왔다가 혼자 간다. 어디서 왔는지, 어디로 가는지 전연 모른다. 분명한 것은 혼자 가지 않으면 안 된다는 것과 절대적 고독을 떨쳐버릴 수는 없다는 것이다.

삶에 대한 외경과 연민은 고독에서 출발하고, 고독의 종착역에서는 누구나 혼자밖에 통과할 수 없는 출구가 기다리고 있다.

옛 노래

옛 노래는 언제 들어도 좋다. 비록 유행가로 흘러가고 있지만 지난날 우리가 살아왔던 모습이 그대로 담겨 있어 정이 깊이 들었다. 지금 유행하는 노래는 너무 어렵다. 가사가 무슨 말인지, 박자는 불규칙하고 옆에서 도와주는 무용수의 낯선 율동은 내 정신을 빼놓는다. 오랫동안 정착된 우리 정서와는 잘 맞지 않는다.

젊은이들 보기에 우리가 좋아하는 옛 노래는 양반 칼싸움하는 것 같아 싫은 모양이다. 양반들은 비록 석이라도 단번에 죽이지 않고, 여차여차해서 너를 죽인다고 장황하게 설명을 하고, 그 말에 승복하지 않을 때는 칼 솜씨만 보여주고 다시 설득을 한다. 그리고 잘못을 뉘우치면 살려준다. 뉘우칠 기색만 보여도 살려준다.

젊은이들은 펜싱 같은 칼싸움이라야 직성이 풀린다. 거기 어떤 명분을 붙이면 잔소리가 된다. 속도감과 긴장감이 있고, 군소리가 없다. 결국 그 싸움은 피를 봐야 끝이 난다.

　세상은 많이 바뀌었다.

　연말이면 나는 꼭 연하장을 보낸다. 나보다 나이 많은 어른, 그리고 신세를 진 사람들에게 꼭 연하장을 써서 보낸다. 그런데 나에게 오는 연하장은 핸드폰 속에서 문자로 고개만 까딱하고 만다. 불쾌하지만 어쩔 수 없다.

　현 세대는 소셜네트워크로 방안에서 컴퓨터 마우스 하나로 정보를 얻고, 보내고 한다. 가상의 현실에서 새로운 사회를 이루어나간다. 내가 보기에는 방안에서 혼자 싸우는 구들장군 같지만 오늘날 사회는 그것으로 인해 정치·사회가 뒤집어지기도 한다. 결국 노래도 급하게, 군소리 없이 문자 메시지 같이 민첩해야 살아남는 것 같다.

　얼마 전, 옛 백제 유적지를 찾아 단체 여행을 했다. 백마강에서 배를 타고 고란사 쪽으로 갔다. 마침 점심을 먹은 후라 술기운이 있는 사람들이 시끄럽게 떠들어댄다. 낙화암까지 둘러보고 다시 배를 탔는데 오는 길에는 배안에서 백마강 노래가 흘러 나왔다. 참 오래된 옛 노래지만 곡과 가사가 이 장소의 분위기에 딱 어울린다. 갑자기 모두가 조용해지더니 그 노래 속에 파묻히고 만다.

　　백마강에, 고요한 달밤아
　　고란사에 종소리가 들리어오면

구곡간장 찢어지는 백제 꿈이 그립구나.

옛 노래에 푹 빠진 관광객들은 자신의 운명과 삶까지 그 노래 속에 담아 추억으로 되새기며 숙연한 모습을 하고 있다. 이윽고 마지막 구절이 나오자 더욱 인생의 허무를 느끼는 듯 꼼작도 하지 않고 귀를 기울인다.

아, 달빛 어린 낙화암의 그늘 속에서
불러보자, 삼천궁녀를.

꽃처럼 떨어진 궁녀들의 모습이 언젠가는 다가올 자신의 모습으로 겹쳐 보였던지 무심히 흐르는 강물만 내려다본다. 배는 천천히 물살을 가르고, 노래는 3절 끝까지 이어진다. 이윽고 배가 나루터에 닿자 옛 꿈에서 깨어난 관광객들이 비로소 웅성거리며 선착장으로 올라간다.

옛 노래는 가사가 좋다. 희로애락과 인생이 그대로 담겨 있다. 추억이 있고, 애수가 있다. 천 년 전 슬픈 역사가 옛 노래로 되살아나고, 그것은 한 맺힌 우리의 가슴을 처연한 감상에 젖게 한다.
그런데 젊은이들은 옛 노래를 업신여긴다. 그 노래를 부르는 사람까지 골동품 취급을 한다. 그들은 쏜살같은 세월이 찬란한 오늘을 이내 내일로 넘기고 있다는 것을 깨닫지 못한다.
내일이 없는 오늘은 없다. 어제가 없는 오늘도 없다. 오늘 불렀던 노래가 내일이 되면 옛 노래가 되고, 내일 불려 질 노래도 오늘 벌써 옛 노래로 변하고 있다. 오늘은 어제를 폄하하고, 내일은 오늘을 업신여긴다.

K팝이 뜬다. 세시봉은 옛날이야기를 하고 있다. 다시 인기를 얻지만 젊은이들이 열광하지는 않는다. K팝을 열광하는 영국에 가서 〈백마강〉을 부른다면 누가 들으려고 하겠는가. 세월은 새로운 노래를 만들어내고, 오늘 불렀던 노래는 어제의 노래로 밀려난다.

급진하는 동력은 젊음의 상징이고, 그들은 브레이크를 걱정하지 않는다. 움직이는 것은 브레이크가 필수지만 그런 안전을 걱정하는 세대는 빛을 잃고, 밀려나고 만다.

프로이트는 최초에 자의식이 있고, 그것을 억압당함으로써 무의식이 생겨난다고 했다. 내가 옛 노래에 정착된 것은 이제 무의식의 세계 속에 완전히 빠졌고, 그것은 벌써 고체로 변하여 되살아날 수 없는 미라가 되어 있는 것이다.

강물 따라 흐르는 오늘의 꿈이 먼 훗날 그리운 옛 노래로 다시 불려 질 수 있겠는가.

탁영금濯纓琴

나는 유구한 역사가 한결같이 정의로 유지돼 왔는지 늘 의문을 가졌다. 의義가 어디 있는지 그것을 찾는데 늘 마음이 쓰였다. 안타깝게도 역사 속에서는 정의가 불의 앞에 맥을 못 추고 살아갈 구멍만 찾아 헤매고 있었다. 초상집 개 모양으로 천덕구니가 되어 겨우 명맥만 유지하고 있는 모습이 애처로웠다.

청도에서 태어난 탁영濯纓 김일손金馹孫 선생은 이 의를 실현하지 못하여 방황했다. 그는 언제나 의義에 대한 갈증으로 괴로워했다. 그래서 잠시도 집에 있질 못하고 의가 통하는 사람을 찾아 밀양으로, 함양으로 쏘다녔다. 탁영의 정신적 무장은 견고했지만 현실은 너무 멀고 험난했다. 결국 폐문자수閉門自守하지 못하고 불의에 대들다가 35세의 젊은 나이에 죽임을 당했다.

성종이 죽고 연산군이 왕위에 오르자 성종실록을 편찬하게 되었다.

탁영이 사관으로 있을 때 초록한 사초가 훈구파에게 빌미로 잡혔다. 그 사초에는 이극돈의 잘못이 적혀 있었고, 세조의 단종 시해를 비판한 김종직의 조의제문弔義帝文이 실려 있었다.

이극돈이 실록청의 당상이 되어 일찍이 김일손 선생이 쓴 '이극돈의 전라감사 때 부정한 행위의 기록'을 삭제하려 했으나 선생의 반대로 뜻을 이루지 못하자 유자광과 손을 잡고 무오사화를 일으켰다.

매미가 찢어지는 소리로 울어 대던 무오년 칠월 초닷샛날, 그는 서울로 붙잡혀 갔다. 그날 선생은 함양에서 정여창과 의롭지 못한 세태를 한탄하고 있다가 의금부의 경력經歷 홍사호와 도사都事 신극성이 내미는 장명掌命을 순순히 받았다. 나졸들은 그를 재촉하여 압송 시간을 줄이려는 데 핏발을 세웠다. 연산군의 재촉이 워낙 지엄했기 때문이다.

그를 향한 연산군의 국문은 가혹했다. 정의의 신은 그의 고문에 눈을 감았고 참형에는 등을 돌렸다. 의義는 기약할 수 없는 시간을 남기고 그 자리를 떴다.

탁영은 거문고를 좋아 했다. 특히 육현금六絃琴을 우리나라 거문고라 생각하고 더 사랑했다. 그리고 늘 서당에 두고 애환을 그 소리에 담았다. 탁영금은 선생이 성종 21년에 만들고, 거문고 중앙에 '濯纓琴'이라는 글자를 써 넣었다. 그가 시대의 한을 이 거문고에 실어 소리를 내면 사람들은 강개하여 눈물을 흘렸다고 한다.

선생이 독서당에서 공부할 때, 달 밝고 고요한 밤을 만나면 거문고를 타면서 부賦를 읊조리곤 했다. 신개지, 강사호, 김자현 등과 함께 여가

만 있으면 거문고를 배웠다. 이때 권향지도 옥당에서 수시로 왕래하며 거문고를 배웠다. 친한 벗일수록 일손의 거문고 소리를 더 좋아했다.

탁영은 같이 공부하는 동문에게 자주 말했다.

"내가 거문고를 간직하는 것은 거문고가 사람의 성정을 다스리기 때문일세. 내가 거문고를 탈 때 완악한 마음이 근접하지 못하는 것이 참으로 좋으이."

그는 더욱 강조해서 말했다.

"거문고는 확실히 성정을 다스려 심성을 수양해 주는 보물이야."

그는 많은 명銘을 썼는데 서안명書案銘, 서가명書架銘 등에 이어 금가명琴架銘도 썼다.

"거문고는 나의 나쁜 마음을 금해 준다.

높이 시렁에 얹어 두는 것은 소리를 내게 위한 것이 아니다."

그는 의義를 거문고 여섯 줄에 담아 그의 심사를 힘껏 표출했다. 죽음도 두려워하지 않고 거문고 소리로 의를 외쳤다.

나는 그가 한限으로 탔던 거문고를 찾아 경북대학교 박물관으로 갔다. 잠시 전시만 했을 뿐 대구박물관에 보관돼 있다고 했다. 거문고는 박물관 깊은 곳에 숨겨 있었고, 개인 소장품이기 때문에 열람은 주인의 허락을 받아야 한다고 했다. 거문고의 주인은 종손인 김상인 씨였다. 나는 허락을 얻어냈다.

전자자물쇠로 잠긴 문을 네 번이나 열고 지하 깊숙한 곳으로 들어가니 희미한 불빛 아래 거문고가 보였다. 연구사가 조심스레 들고 나온 탁영금은 500년의 긴 세월 속에서도 아직 생기가 돌았다. 연구사가 손도 대지 못하게 하는 것을 그가 잠시 자리를 비운 사이 가만히 여섯 줄을 하나하나 퉁겨 보았다. 500년 전의 소리가 곱게 흔들렸다. 정의의 소리가 지하실을 진동시킬 줄 알았는데 슬픈 줄의 울음소리만 들렸다. 그러나 그 긴 세월 속에 의義의 줄이 끊어지지 않고 있다는 것을 가슴으로 들여다 볼 수가 있었다. 어렴풋하지만 의를 발견하게 되었다는 희열이 가슴을 뜨겁게 달구었다.

나는 탁영금을 만져 보고, 고난으로 이어지는 삶의 참 생명을 찾아냈다.

세상은 불의가 판을 치고 있지만, 정의가 아주 가는 명줄로 역사를 끈질기게 이어가고 있다는 것을 파악하게 된 것이다.

4

운명의 함수

운명의 함수는 아무도 모른다. 평소 내가 쏟은 정성이 그 함수에 아무 영향을 주지 못한 것 같다. 함수 방정식은 정확하다. 그러나 우리의 현실은 변수 X에게 정성을 쏟아도 함수 Y가 꼼짝도 하지 않는 불합리한 관계가 종종 일어나고 있다.

운명의 함수

내가 운명에 대하여 가장 큰 감동을 받은 때가 중학생 시절, 음악 시간이었다. 선생님은 베토벤의 교향곡 5번 〈운명〉에 대하여 설명을 하면서 첫 음으로 나오는 '따따따따아' 하는 비장한 소리는 운명이 이렇게 문을 두드리는 것이라고 했다. 그때 나는 운명이 무척 무섭게 느껴지면서 평생 그에게 한 번도 도전장을 던져 보지 못했다.

선생님은 그 곡의 정식 이름이 베토벤의 〈C단조 교향곡〉이라는 것도, 그 곡 속에는 젊은 베토벤의 도전, 거센 숨결, 갈등, 슬픔, 좌절과 그 좌절을 딛고 성숙된 자아로 발전하고자 하는 의지가 엮어져 있다는 것도, 또 고뇌를 통한 자아 확립의 의지와 그 성취에의 기쁨을 그대로 나타냈다는 설명도 해 주지 않았다. '따따따따아' 도 피아노나 음향 기기로 들려준 것이 아니라 입으로 불러 주면서 겁을 주었다.

그날 이후, 운명이 나를 짓누르는 무게로 기를 펴지 못하고 살았다.

나는 지금도 운명이 느닷없이 '따따따따아' 하고 달려들 것만 같아서 마음이 놓이질 않는다. 그 속에 담겨 있는 운명의 함수는 나의 행동과 보이지 않는 운이 서로 밀접한 관계를 맺고 있다고 생각되었다. 그래서 나는 행동에 조심을 하고, 그의 눈에 벗어나지 않도록 신경을 쓴다. 그래서 항상 저만치 운명과 거리를 두고, 그가 내 가까이 오는 것을 피하고 있다.

　운명의 함수는 아무도 모른다. 평소 내가 쏟은 정성이 그 함수에 아무 영향을 주지 못한 것 같다. 함수 방정식은 정확하다. 그러나 우리의 현실은 변수 X에게 정성을 쏟아도 함수 Y가 꼼짝도 하지 않는 불합리한 관계가 종종 일어나고 있다.

　우리는 성공한 사람의 겉모습만 보고 부러워하거나 질투를 한다. 그러면서 내 운명과 비교하고 공평하지 못한 부분을 탓한다. 운명은 각기 다른 함수를 지니고 있다는 것을 우리는 알 수가 없다. 성공한 사람은 성공하기까지 얼마나 어렵고, 힘들고, 불행했던가를 강조한다. 그 노력이 함수에 영향을 주었다고 굳게 믿는다.

　그것은 오로지 남보다 백 배 천 배 더 노력했다는 의미다. 그러나 우둔한 사람들은 그 함수에는 관심이 없고, 그의 고생과 나의 고생의 무게만 비교하고, 거기에 대한 대가의 차이가 불공평하다고 따진다.

　운명의 함수 관계를 가장 명확하게 단정 지어 놓은 것이 《명심보감》 첫머리의 계선편繼善篇이다. '착한 일을 하는 사람에게는 하늘이 복으로써 이에 보답하고, 착하지 못한 일을 하는 사람에게는 재앙으로써 이에 보답한다〔爲善者 天報之以福, 爲不善者 天報之以禍〕.'

그래서 나는 어렵고 힘든 일이 내 앞에 닥쳐오면 선한 행동으로써 그 불행을 예방해야 되겠다고 마음을 다진다.

오래 전, 아들이 외국에 나가 공부하고 있을 때, 나는 그의 안전에 무척 신경을 썼다. 혹시 멀쩡한 운명에 마귀의 손이 그를 해코지할까 봐 마음을 놓을 수가 없었다. 나는 그에게 주어진 운명에 조금이라도 보탬이 되는 일이라면 무엇이든지 하고 싶었다. 기도도 하고, 남을 돕기도 하고, 구걸하는 사람을 보게 되면 꼭 적선을 했다. 지하철 입구, 시장터 앞, 번화가 네거리에서 고개를 파묻고 엎드려 있거나 꿇어앉아 구걸하는 사람이 있으면 꼭 얼마씩의 돈을 주었다. 그것도 아주 공손하게 통 속에 담아 주었다.

다행히 아들은 무사히 귀국했다. 나의 위선爲善은 이복以福으로 효험이 나타났다. 그런데 사람의 마음은 얼마나 교활하고 이기적인가. 나의 적선 행위는 아들이 무사히 귀국하자 천연스럽게 사라졌다. 가끔 양심의 가책을 느낄 때는 아주 조금, 통 속에 동전을 그냥 던져 주었다. 선자善者와 불선자不善者는 자신의 이해관계에 아주 민감했다. 선자가 되는 것보다 불선자가 되는 데 걸리는 시간은 아주 짧았다

뒷날 아내에게 들은 얘기로는 아들이 학비가 부족하여 아르바이트를 하면서 고생을 많이 했다고 한다. 나는 그것을 몰랐다. 더구나 위험한 일을 하다가 앞니 하나가 부러졌다고 한다. 그의 앞니는 임시로 치료해 놓고, 아직 새 이를 해 넣지 못하고 있다. 아내는 사고 전의 아들

의 앞니가 그렇게 예쁠 수가 없었다고 노래처럼 말한다. 그 소리를 들을 때마다 뾰족한 송곳이 불선자不善者가 된 내 양심을 콕 찔렀다.

어느 시인이 믿을 수 없는 운명에 대해서 처연하게 노래했다.

산은
찾아가는 사람에게 열리고
운명도 그러하리라 나는 믿는다.
눈물 몇 줌 흘린다고
당신께
세상이 안겨 오리라 믿었는가….
그저 그리움만 태운다고
당신 가슴에 꽃이 피던가, 어디?

운명은 제멋대로 가고, 나는 그 풍랑에 휩쓸려 지금까지 떠내려가고 있다. 평생 운명을 피해 조심조심 다녔지만 알 수 없는 함수를 지닌 운명의 꽃은 나를 위하여 한 번도 활짝 웃어 주지 않았다.

우리가 사랑해야 하는 것들

살아가다보면 깊은 산 속에 유배당한 것처럼 암담해질 때가 있다. 그러나 유배지에도 달이 있고, 산이 있고, 맑은 물이 있다는 것을 발견할 때 한 줄기 위안을 얻는다.

우리는 가끔 아무도 찾아오지 않는 외딴 언덕 아래 문짝 하나만 달린 통나무집을 본다. 그 안에서 겨우 목숨만 부지하며 간신히 살아가는 등 굽은 노인을 발견할 때 누구나 연민의 정을 느낀다. 우리는 그를 사랑해야 한다.

사람들은 높은 데만 쳐다보고 거기에서 내려지는 은총을 기다린다. 그는 아무 일도 하지 않으면서 감이 저절로 떨어져 입속으로 들어오기를 기다린다. 그것은 고뇌만을 안겨주고 시간만 멀리 달아나게 한다. 너무 낮은 곳에 서서 더 내려갈 곳조차 없는 무연고자가 제 분수대로 살아가려는 초심을 칭송하며 사랑해야 한다.

나물 몇 점을 앞에 놓고 행인의 관심을 기다리는 야윈 여인을 사랑해야 한다. 그는 오직 나물 뜯는 일 밖에 모르고, 수요자도 파악하지 못한 채 저자에 종일 앉아 세월만 헤아리고 있다. 이제 더 가난해질 아무 것도 없는 그를 진정으로 사랑해야 한다.

때 늦은 옷을 걸치고 찬바람이 으스스한 초겨울에 지게에 몸을 반쯤 눕히고 짐을 기다리는 노인을 사랑해야 한다. 지금이 어느 때인데 짐을 맡길 사람을 기다리는가. 그는 시간의 흐름을 감지하지 못하고 지게와 짐과 그리고 묵묵히 걸어가는 반복 행위 외는 아무 것도 모른다.

좁은 방에 샘물처럼 가득 찬 시설아동들의 눈망울을 사랑해야 한다. 여느 집 아이들보다 굶주리고 남루하고 찌든 모습을 하고 있지만 그 눈망울만은 하나님이 주신 모습 그대로가 아닌가. 그들은 신이 잠시 눈을 감고 있을 때 태어난 버려진 아이들이다.

어디로 가고 있는가. 힘없이 걸어가는 할머니가 머리에 작은 보따리를 이고 집을 찾고 있다. 그래도 자식에게 주겠다고 애써 모은 잡곡과 과일을 무겁게 들고 있다. 우리는 그가 지닌 때 묻지 않은 최초의 마음을 사랑해야 한다.

젊은 지아비를 잃고 넋이 빠져 통곡하는 여인, 다닥다닥 비좁게 서 있는 판자촌에서 철없이 노는 아이들, 집도 절도 없이 기차 역 출입구 옆에서 노숙하고 있는 젊은이, 번화가 계단에서 동전 바구니를 앞에 두고 엎드려 있는 어린 소년, 입에 풀칠이라도 하겠다고 궂은일에 묻혀 잠시 아이도 잊은 어미, 그의 등에 업힌 아이는 고개를 뒤로 떨구고 잠들어 있다. 우리는 이 사람들을 사랑해야 한다.

여름의 무도회에서 뭇 사람의 시선을 모았던 그 새파란 옷을 가을바람에 빼앗기고 앙상한 뼈대만 남은 나목들, 겨울바람에 우는 소리를 내어도 누구 하나 따뜻한 마음을 보내주는 이가 없다. 오갈 데 없이 헐벗고 굶주린 사람을 사랑해야 한다. 혹시 내 사주에도 나목의 비운이 잠복해 있는지 누가 알겠는가.

천일의 앤 공주가 형장으로 향하면서 장미꽃 앞에서 잠시 걸음을 멈춘다. 죽기 전 이 세상은 참 아름답다고 생각하지 않았겠는가. 어떤 사연을 이고가든 누구나 떠나야 한다. 우리는 떠나는 사람을 사랑해야 한다. 그것은 자신을 사랑하는 것이 될지도 모르는 일이니까.

때때로 우리의 삶이 너무 보잘 것 없어 절망마저 잊고 사는 모습들, 우리는 이들을 위해 두 손을 모으고 기도하지 않으면 안 된다.

내가 가진 것이 행복의 일부이거든 조금씩 나누어 주자. 하나님은 원래 공평하게 배분했는데 인간들이 그 질서를 흩어버리고 분쟁의 실마리를 만들었다. 거기다 위선자들은 좋은 구호만 남발하면서 불쌍한 사람의 속을 뒤집어 놓고 있지 않는가.

사랑해야지, 이 세상의 모든 것들을 다 사랑해야지. 거창한 철학적 이론은 저만치 밀어두고 죽어가는 것들까지도 사랑해야 한다.

신 끄는 소리

비가 처적처적 오는 날, 천을산 아래 요사채에 앉아 예리성을 기다린다. 빗소린지 예리성인지, 번연히 알면서 마음이 흔들린다. 혹시 신 끄는 소리를 놓칠세라 방문을 열어 놓고 문간을 내다본다. 눈을 동그랗게 뜨고 아예 예리성을 찾는다. 듣는 것보다 보는 것이 더 확실하지 않은가. 조급한 생각이 욕심으로 뭉쳐 탁류를 일으킨다.

설월雪月이 만창滿窓한데 바람아 부지마라
예리성曳履聲 아닌 줄을 판연히 알건마는
그립고 아쉬운 적이면 행여귄가 하노라

그리움이 아우성을 치며 비를 안고 지붕을 두드린다. 욕심으로 찬 영혼이 빗물에 씻겨 내려가지도 않고 집착으로 가슴 속에 고인다. 천지에 무수한 물방울들의 함성이 들려오는데 그리운 이는 어디서 방황하고 있는가.

지금은 아파트가 생활공간이 된 시대, 예리성은 격에 맞지 않는다. 그러나 일을 마치고 지친 몸으로 현관문 앞에 서면 반가운 얼굴을 기대하게 된다.

"띵똥!"

"누구세요?"

"나요."

"문 열렸으니 들어오세요."

전자식 자동문이 찰각 열리고 아내의 얼굴은 보이지 않는다. 약간은 서운하지만 편리성을 앞세우는 현실 앞에 억지로 마음을 눅이며 들어간다.

교육감까지 지낸 모 인사는 남의 집을 방문했을 때(자식들의 집을 포함하여) 초인종 소리를 듣고 바로 뛰어나오지 않으면 그냥 돌아간다.

"띵똥!"

"누구세요?"

"선산에 사는 아무개입니다."

"찰각! 문 열렸으니 들어오세요."

그는 두 말도 하지 않고 발길을 돌린다. 과학적인 현대 예절에는 적응하지 못한다. 버선발로 뛰어나오는 그런 인정이 없는 곳에 굳이 찾아갈 필요가 없다는 것이다.

내가 어릴 때는 수도가 없고 동네 우물이 식수나 허드렛물의 원천이
되었다. 동네 여자들은 거기 다 모인다. 물을 길어 머리에 이고, 이마
로 흘러내리는 물을 손으로 살짝 살짝 걷어 내는 모습은 참 보기가 좋
았다.

집에서 멀리 떨어져 있는 동네 우물에 가면 물 욕심이 생긴다. 손도
씻고 발도 씻고 싶어진다. 신을 신은 채로 두레박 물을 발에다 들어붓
는다. 물동이를 이고 걸으면 절벅절벅 신속의 물이 소리를 낸다. 뽀얀
맨발이 참 예뻐 보였다.

신 끄는 소리 못지않게 예쁜 소리도 많다.

어느 여류 시인은 그의 시에서 죽은 남편을 솔직하게 묘사하여 이불
속에서 짐승 같은 소리를 내는 그를 그리워하고 있다. 세상에는 야성野
性과는 거리가 먼 무기력한 남자들이 많지만 첫날 밤 풀 먹인 이불의
서걱거리는 소리에도 아무 감동이 없다면 그의 청춘은 어둡다.

추야장秋夜長 깊은 밤에 바람소리 낙목성落木聲에도 임의 발자취 소린
가 하고 가슴이 두근거려야 그의 앞날에는 멋이 풍성할 것이다.

예리한 남자는 들리지 않는 소리도 듣는다.

사랑하는 여인의 가슴에 담긴 연정의 소리를 듣고, 이른 봄 매화가
피는 소리를 듣는다. 석양낙조에 수구초심으로 듣는 고향의 부모님 목
소리는 너무 슬프다.

그뿐이랴, 한 번도 보지 못한 하나님의 말씀도 듣고, 부처님의 법문도 듣는다. 그리고 나이 들면 자신의 소리도 듣게 되고, 가을밤 사박사박 달빛 밟는 소리도 들을 줄 알게 된다. 그러나 슬프게도 모든 소리를 다 들을 줄 아는 나이가 되면 해는 서산으로 넘어가고, 인생은 그에게 드리워진 낙조까지 거두어 간다.

듣는 것은 말하는 것보다 중요하다. 벙어리는 구강口腔 장애자가 아니고 청각장애자다. 들을 줄을 모르는 사람은 말 할 줄도 모른다.

자기 말만 하고 남의 말은 아예 들으려 하지 않는 자는 청각 장애자다. 세상은 이런 사람들로 인해 항상 시끄럽다. 이런 소음이 듣기 싫고 그 사람들의 꼬락서니가 보기 싫어 TV를 끈다.

우리들 귀에, 그리운 사람의 신 끄는 소리 같은 예쁜 소리만 들려온다면 세상은 얼마나 아름답고 편안하게 느껴지겠는가.

청라靑蘿 언덕

　푸른 담쟁이덩굴이 휘감겨 있던 청라언덕은 지금도 노래 속에서 100년 전의 낭만을 전해주고 있다.

　1894년에 대구에 온 미국인 선교사 스윗즈는 이 언덕 위에 붉은 벽돌집을 지었다. 당시 미국 캘리포니아 남부에서 유행한 방갈로 풍의 집을 그대로 본떠 1910년에 완공했다. 지을 때 주춧돌은 1907년 대구 읍성을 철거할 때 버린 안산암安山岩 성城 돌을 가져와 깔았다고 한다. 그리고 그 위 지붕도 원래 한식 기와로 이었는데 후에 함석으로 바꾸었다. 두 채의 선교사집은 외형이 약간 다르지만 전형적 양옥의 모습을 하고 있어 이곳에 한참 머물고 있으면 외국에 와 있는 것 같은 느낌을 준다.

　당시 이 언덕 바로 북쪽에 신명여학교가 있었는데 대구가 고향인 박태준 작곡가가 이 학교의 한 여학생을 흠모하여 〈사우思友〉를 작곡했다고 한다. 동무 생각이라고도 하는 이 노래는 이은상 선생이 작사했다. 지금도 젊은 학생들이 즐겨 부르는 이 노래 속에는 깊은 사연이 숨어 있다.

> 봄의 교향악이 울려 퍼지는
> 청라언덕 위에 백합 필 적에
> 나는 흰 나리꽃 향내 맡으며
> 너를 위해 노래, 노래 부른다.

백합화는 그 여학생을 미화한 이름이고, 여학교가 바로 보이는 이 언덕에서 그를 위해 노래 부른다고 했다. 그저 먼발치에서 보고, 그리워 하지만 정말 순정으로 정신적 사랑을 했다. 그 애틋한 사랑을 종이 비행기처럼 노래에 담아 먼 하늘로 날려 보냈으니 그의 가슴이 얼마나 아렸겠는가.

이 노래 속에는 박태준 작곡가의 우정과 사랑이 숨어있지만 노래를 부르는 사람들은 망국의 설움으로까지 느끼며 한을 담아 불렀다.

내가 이 노래를 처음 배우기는 중학교에 다닐 때였다. 라디오도 귀하고 음향 시설이라고는 아무 것도 없던 시절, 학교에서 배운 이 노래는 시도 때도 없이 불러댔다. 특히 템포가 빨라지는 후렴은 내 작은 가슴의 피를 절정으로 뿜어 올렸다.

> 청라 언덕과 같은 내 마음에 백합 같은 내 동무야

내가 네게서 피어날 적에 모든 슬픔이 사라진다.

세월은 모든 것을 변화시킨다. 언덕 북쪽에는 신명 여·중고가 더 크게 확장되어 낭만적 모습은 멀어졌고, 동쪽에는 노트르담 사원 같은 웅장한 석조 건물 제일교회가 자리 잡게 되었다. 서쪽으로는 동산 병원이 넓은 터를 잡고 차들이 꽉 차 있어 상전벽해가 되었다. 다만 이 언덕에 100년 전의 모습을 그대로 간직한 두 채의 선교사 집 때문에 옛날의 정서를 아직도 맛볼 수가 있다.

나는 매주 주일이면 한 번씩 이곳을 지나게 된다. 그리고 지날 때마다 옛 모습을 상상해 본다. 어디에 담쟁이덩굴이 있었는지, 얼마나 많이 있었는지 그리고 모든 사람들이 이곳을 청라언덕이라 불렀는지 몹시 궁금하다. 그러나 그 노래의 감흥 속에서는 우거진 청라와 그 여학생이 다니던 학교 모습은 전설처럼 지워지지 않는다.

교향악으로 들리는 봄의 소리를 들어보려고 이 언덕 위에 섰다. 선교사집 두 채를 번갈아 본다. 그 베란다에 서서 대구 시내를 내려다보며 하나님의 은혜를 갈구하고 있던 선교사 부인의 노란 머리와 파란 눈이 떠오른다.

어릴 때 그렇게 불러댔던 〈사우〉를 새로 배우는 노래처럼 흥얼거린다. 나는 100년 전의 옛 동산에 서서, 까마득한 전설 속에 빠져들고 있다.

낮은음자리표

학교 악대부에 들어가면 처음에는 저음부에 배정한다. 저음부의 소리는 고음부에서 나오는 멜로디만큼 남의 귀에 잘 드러나지 않기 때문이다. 내가 처음 악대부에 들어가니 트롬본을 준다. 1년이 지나 겨우 알토 색소폰을 배정 받았다. 결국 낮은음자리표 권내에서 맴돌다가 졸업했다.

낮은음자리표는 바(F)음자리표라고도 한다. 그 역사는 음자리표 중에서 가장 오래 되어, 그 기원이 10세기경이라고 한다.

낮은음자리표 안에 있는 낮은음은 피아노에서는 왼손으로 제자리 소리를 내지만 사람 목소리로는 제 소리를 다 내지 못한다. 한 옥타브 올려서 부를 수밖에 없다.

우리의 중심 소리, 멜로디는 높은음자리표 안에 있다. 높은 자리, 높은 이익, 높은 소리, 높은 산, 사람은 높은 것을 선호하고 그것을 으뜸으로 여긴다.

악대가 지나가면 트럼펫 부는 사람이 가장 주목을 많이 받는다. 바리톤이나 튜바를 유심히 보는 사람은 없다. 연주회 때도 낮은 음의 파트는 변두리에 위치하여 관객의 시선에서 멀리 떨어져 있다.

독창 반주를 할 때는 상황이 달라진다. 보통 피아노를 치며 직접 노래를 부르거나, 반주를 해줄 때는 멜로디를 많이 생략한다. 노래 부르는 사람의 멜로디를 살리기 위하여 화음만 넣기 때문이다. 이때 비로소 낮은음자리표 안에 있는 곡이 독립적인 제 역할을 한다. 그러나 청중은 그 반주의 배경을 업고, 멜로디를 높이 부르는 가수에게만 시선을 쏟는다. 낮은음자리에서 나오는 화음에 박수를 보내는 사람은 아무도 없다.

세계에서 가장 높은 산, 높은 빌딩, 높은 무덤의 이름은 초등학교 학생도 대개 알고 있다. 그러나 가장 낮은 해저, 가장 낮은 건물, 가장 낮은 곳의 무덤은 잘 알지 못한다. 해발 8848m의 에베레스트 산은 다 알아도, 수심 1만 1034m의 태평양, 마리아나 해구의 비티아즈 해연은 잘 모른다.

우리는 높은 것만 보고, 높은 곳만 찾고, 높은 값에만 관심을 쏟는다.

나의 평생은 대부분 낮은음자리표가 박힌 악보 안에서만 살아왔다. 멜로디의 주인공이 되지 못하고 베이스 화음의 일부를 맡아, 낮은 곳에서만 맴돌았다. 무대에서는 장군을 호위하는 병졸 A, B, C로 한 마디의 대사도 배정받지 못했다. 군중들이 가는 대로 열심히 따라 가고, 낮은음의 한 몫을 맡아 거기에 충실하려고만 했다.

다행히 우리가 사는 사회는 낮은 곳에서 생활하는 사람에게도 높은 곳에서 사는 사람과 같은 마음의 평안을 누릴 수 있도록 배려를 해 준다. 복지사회를 지향하면서 낮은음자리에 속한 사람에게도 기회를 주려고 인도적 시책을 펴기도 한다. 삶의 가치는 얼마나 높은 곳에 오르느냐에 있지 않고, 얼마나 노력하느냐에 있다고 하면서 위안을 주기도 한다.

살다보니 트럼펫으로 멜로디를 이끌던 연주자가 제일 많이 얻어맞는 것을 본다. 낮은음자리표 자리에 있던 병졸은 하나쯤 빠져도 별 문제가 없다. 내가 없어도 별 표가 나지 않는 곳에서 평생을 살다보니, 안전하고 평안한 삶에 젖어 높은 곳에 대한 욕심이 별로 없다. 오히려 높은 곳이 두렵다.

오케스트라의 장엄한 연주를 듣는다. 멜로디에만 관심을 두거나 고음에 집착하는 사람은 없다. 전체 화음, 때때로 두각을 내는 여러 종류의 악기음 그리고 그 화음 속에서 상난을 이끄는 지휘자의 모습을 보면서 통합과 조화의 웅장한 교향곡을 즐긴다.

별로 눈에 띄지 않는 악기를 잡고 있던 내가 그 오케스트라 안에 존재하고 있다는 데 실낱같은 가치를 찾아본다. 비로소 높은음자리표와 낮은음자기표의 가치가 동일해지고, 함께 소리 내는 화음과 조화 그리고 공동체 의식에 기쁨과 자존심을 의식한다. 어느 한 음, 어느 한 소

절도 없으면 안 되는 소중한 교향악의 존재로 나의 조그만 위치가 비로소 떠오른다.

나는 오선 위에 장난처럼 C자를 반대로 그리고, 제일 위 칸과 둘째 칸에 점을 하나씩 찍는다. 그 악보 위에 내가 어디에 서 있는지를 짚어 본다. 내 모습은 보이지 않고, 콘트라베이스의 낮은음이 가슴을 파고들며, 포근한 무아경으로 밀어 넣는다.

고독의 위안

천 개가 넘는 섬이 있다는 큰 호수, 숲속의 호수(Lake of the woods)에 갔다. 호수는 그 이름보다 더 아름다웠다. 호수 안에 산재해 있는 많은 섬들은 숲으로 덮여 한 폭의 그림을 그려놓았다. 유람선도 많지만 그 호수를 위에서 내려다보는 경비행기도 관광객을 태우고 떠다녔다. 그러나 캐노라에 있는 그곳은 아주 멀었다. 캐나다 토론토나 밴쿠버에서 두 시간을 비행기로 위니펙까지 가서, 거기서 승용차로 세 시간 쯤 가야 하는 곳이다.

호수를 유람하려면 큰 배를 타고 두 시간을 돌아야 하는데, 수없이 많은 섬 사이를 지나간다. 각기 모양이 다른 작은 섬들은 나무가 우거져 있고, 화려한 별장이 호수 물에 발을 담그고 제 모습을 물 그림으로 드리워놓고 있다.

띄엄띄엄 보이는 별장에는 사람의 그림자가 보이질 않는다. 상주하는 것이 아니라 주말이나, 휴가 때만 와서 생활하는 것 같았다. 그 넓은 호수를 다 돌 때까지 한 사람도 보질 못했다. 나는 그 집들을 보면서 괜한 걱정을 했다. 이 넓고 외딴 호수 가운데 외롭고 무서워서 어떻게 살고 있는가.

그들은 고독을 즐기기 위해 여기까지 온 것일까. 아니면 고독으로부터 위안을 받으러 오는 것일까. 더 먼 곳으로, 더 돈이 많이 드는 곳으로, 아무도 찾아오지 않는 곳으로, 이 큰 호수 가운데까지 찾아와 살고 있는 사연이 궁금했다. 아마 그들은 철저하게 고립되고, 완전하게 외로워지고 싶었던 것 같다.

인간은 태어날 때부터 죽을 때까지 고독한 존재다. 가장 가까운 부모와도 헤어져야 하고, 사랑하는 사람과도 헤어져야 한다. 우리는 고독이라는 열차를 타고 행선지도 모르는 곳으로 달려가고 있다. 고독은 많은 사람과 떨어져 있어 외로운 것이 아니고, 내 속의 나와 현실 속의 나 사이의 소통이 끊어진 상태가 되기 때문이라고 했다.

나는 모임이 13개나 된다. 매주 만나는 모임, 한 달에 한 번 만나는 모임, 두 달에 한 번 만나는 모임도 있다. 내용은 동문 모임, 스포츠 모임, 문학동인회 모임, 옛 직장 모임, 등산모임 등 색깔도 다양하다. 달력에는 모임 일자 밑에 만나는 시간과 장소가 빽빽이 적혀 있다. 달력을 들여다 보면 외로워할 시간이 없다.

그런데도 나는 외롭다. 그 고독, 외로움이 바쁜 내 모임 사이로 연신 찾아든다. 고독의 신이 나를 괴롭히는가. 내가 외로움을 즐기는가.

퇴직을 하고 한동안 증심사라는 절에 들어가 외부와 단절된 시간을 가져보기도 했다. 글 쓰는 시간을 최대한 확보해 보려 했지만 외로움이 불편을 낳고, 그것은 왁자지껄한 저자판으로 나를 끌고 나왔다. 글이 더 잘 쓰여지지도 않았다. 기발한 시상이 떠오르지도 않았다. 다만 외로움 속에서 내 마음만 쥐어짜는 고통만 따랐다. 고립된 그 생활은 고진감래苦盡甘來도 아니고 진인사대천명盡人事待天命도 아니었다. 고독은 고독을 낳고, 고독을 위한 고독의 시간이 더 많아졌다. 고독은 생산성을 오히려 떨어뜨렸다.

나를 감싸고 있는 이 고독으로 불행하다는 생각을 해 본 적은 없다. 어려움에 부닥쳤을 때 고독이 나를 위로할 때가 많다. 옆에서 부추기거나 실속 없는 위로가 더 귀찮고 고통스러웠다.

돈이 많아야, 명예가 높아야, 대중이 나를 에워싸야 행복하다고 생각하다가 영광 뒤에 찾아오는 슬픔과 고통을 이겨내지 못하는 사람이 많다. 인간의 모든 불행은 고독할 줄 모르는 데서 오는 것 같다.

사람들이 정말 두려워하는 것은 홀로 있는 것이 아니라, 외톨이로 여겨지는 것이다. 혼자 있어서 외로운 것이 아니라 혼자 있지 못해서 외로운 것이다.

루소는 "사막에서 혼자 사는 것이 사람들 사이에서 혼자 사는 것 보다 훨씬 덜 힘들다."고 했다. 결국 사람들 사이에서 엄습해 오는 고독을 이겨내기가 더 힘 드는 것 같다.

고독은 낙원 같은 섬이다. 남과는 무언의 계약이 있고, 그것을 이행하지 않으면 안 된다는 무거운 부담을 진다. 그러나 홀로 있는 나의 고독은 무한정의 자유가 있다. 아무도 나에게 책임을 묻거나 의무를 따지지 않는다.

내 방은 귀신이 나오는 방이다. 아무도 못 들어오게 하고, 온 방안에 책과 자료들을 늘어놓고, 청소도 잘 하지 않으니 아내가 지은 방 이름이다. 나는 여기가 참 좋다. 내 혼자만의 생각, 공상, 연상, 상상을 마음대로 하면서 하룻밤에 기와집을 열두 채도 더 짓는다.

고독의 철학은 돈이 생기지 않는다는 것이다. 그리고 남에게 관심이나 호감을 가지지 않는 것이다. 자유는 여기서 잉태한다. 이 자유가 나를 위로하고 때로는 희열을 안겨준다.

고독은 격리된 삶을 말하는 것이 아니다. 자신의 내면을 들여다보는 여유, 능력, 재미를 말한다. 인생은 고해다. 나는 지금도 고독을 통해 그 고해에서 위로를 받고 있다.

나의 취미

취미라고 하면 적어도 상당 기간 반쯤 미쳐서 하는 짓이라고 정의해야 될 것 같다. 정신없이 미쳐서 하는 짓은 어린 시절이나 청년 시절에 거의 집중된다. 늙으면 취미를 즐기기에 앞서 자신의 몸을 건사하기에도 급급하기 때문이다.

내가 학창 시절에는 당구에 미친 적이 있지만 그것이 몇 년 반짝하다가 말았다. 그 후 청년으로 혈기가 왕성하던 시절, 낚시에 미쳤다. 벽에 박힌 못이 낚시찌로 보였다. 그 못이 언신 올라갔다 내려갔다 하여 환각 현상을 일으킨다. 나도 모르게 낚싯대를 쥔 것처럼 허공을 잡아당긴다. 옆에서 누가 보면 완전히 실성한 사람으로 보였을 것이다.

미혼으로 하숙을 하고 있었다. 그 집 부엌 앞 처마에는 삶은 보리쌀 광주리가 걸려 있었다. 그 보리밥을 한 움큼 집어다가 가까운 연못으로 간다. 보리밥은 지렁이만큼 고기가 좋아한다. 새벽이니까 고기 몇 마리는 잡을 수 있다. 반짝 재미를 보고 하숙집으로 와서 아침을 먹고 직장으로 간다. 사무실 벽에 뾰족이 튀어나온 것은 다 낚시찌로 보인다. 동료들과도 자연히 낚시 이야기가 주를 이룬다.

그 후 결혼을 하고 주말이면 대구에 근무하는 아내를 찾아간다. 그는 예쁜 한복을 차려 입고 기차역에 와 기다렸다. 나는 신혼인데도 낚시에 미쳐 낚시꾼을 따라 토요일 밤을 연못 둑에서 보냈다. 역에서 막차를 기다리다가 실망하고 돌아가는 아내가 눈에 보이질 않았다. 악취미에 푹 빠졌다.

그때가 옛날, 여자가 감히 남자에게 항의하고 따지고 하질 못했다. 일주일이 지나면 한 마디 사과도 없이 다시 만나곤 했다.

장년이 되자 등산에 빠졌다. 전국에 이름이 있다는 산은 다 찾아다녔다. 직장 산악부를 맡아 앞장서 보기도 했다. 수확을 기대하는 낚시보다, 승부에 마음을 잡히는 테니스보다 등산은 훨씬 마음을 여유롭게 하고, 건강에도 아주 좋았다. 나이 많아질수록 좋은 취미가 될 수 있었다.

차츰 늙어지면서 수십 년을 함께 다니던 동호인들이 '산절로' 라는 이름으로 매주 산을 즐기게 되었다. 아예 마음을 절로절로 오르내리게 하여 편안하게 산행을 즐길 줄 알게 되었다. 마음을 중시하다보니 자연히 문학인이 많아졌다.

아내는 묻는다.

"산에 뭐 하러 갑니까?"

"산이 있으니까!"

나는 큰 산악인처럼 대답한다. 아내는 의아한 눈으로 나를 본다. 나는 그 말과 관련 있는 재미있는 이야기를 들려준다.

말로리는 1921년 제1차 에베레스트 원정에 참가한 이래 2차, 3차 원정에도 참가했다. 1924년 제 3차 원정에서 제6캠프를 출발한 뒤 정상을 200m 앞두고 행방불명이 되었다가 75년이 지난 1999년에 시신이 발견되었다.

제1차 원정 때는 세상이 별로 관심을 보이지 않았다. 그러나 1922년 제2차 원정 실패 소식이 전해지면서 세상은 세계 최고봉에 대하여 관심을 갖기 시작했다. 그리하여 원정 대원들은 에베레스트 등반 실패담을 증언하는 강연회에 초대받기에 바쁜 몸이 되었다.

말로리가 맡았던 미국 필라델피아 강연에서도 많은 관중이 모였고 모두 경청했다. 그런데 강연을 마치고 막 연단을 내려설 때, 청중 가운데 한 부인이 질문했다.

"왜 그토록 당신은 에베레스트를 오르려고 하죠?"

당돌하고 천진스런 질문이어서 말로리는 잠시 머뭇했다. 방금 청중으로부터 박수로 환영 받은 연설이었는데 그 여인은 전연 연설을 듣지 않고 물은 것으로 밖에 생각이 들지 않았다. 말로리는 짜증스런 마음에서 불쑥 한 마디 했다.

"Because it is there. 거기 산이 있으니까."

이 불성실한 답변이 오늘날 많은 산악인들이 즐겨 쓰는 말이 되었다. 산을 찾는 이유로, 산에 대한 무한한 애정의 표시로 인용되었다. 산의 진수를 한마디로 말해 주는 불후의 명언이 되었다.

인생은 오류와 섞여 산다. 그것이 범죄가 아니면 더 재미있고, 살아가는 의미를 보태기도 해 준다.

'십자성'이란 별은 없다. 다만 별 4개가 십자를 이루고 있는 십자성좌가 있을 뿐이다. 그래도 십자성이란 이름으로 노래도 부르고 시도 쓴다. 그것이 더 재미있고 마음을 신비한 구석으로 몰고 간다.

취미는 정답을 구하는 수학이 되어도 재미없고, 딱딱한 질서 속에 정렬해 있는 병사가 되어도 재미가 없다.

산절로 수절로, 절로절로 하고 싶은 대로 아무 부담 없이 하는 취미 생활이 좋은 것이다.

매미의 꿈

8월 7일, 말복과 입추가 겹쳤다. 아직 더위가 기승을 부리는 복날인데 난데없이 입추가 그 안에 들어오니 방안에 잘못 들어온 매미 같다. 아파트 11층, 하도 더워 창문도 열고 방충망까지 열어 젖혔다. 워낙 높은 곳이 되어 모기도 올라오지 못한다. 그러나 가끔 곤충이 날아들기는 한다. 무심코 거실 창문을 보니 언제 들어왔는지 매미 한 마리가 창문 안에 붙어 있다. 길을 잘못 든 매미가 애처롭다. 자비를 베풀어 창밖으로 날려 보냈으나 조금 있다가 다시 창문 안으로 들어왔다.

길조다. 틀림없이 우리 집에 좋은 일이 있을까보다. 그 길조가 현실로 나타날 때까지 매미를 그냥 두기로 했다. 그래서 창문과 방충망을 더 크게 열어두었다. 매미가 자유로이 제 가고 싶은 대로 날아가기를 바랐다.

길조의 꿈이 실현되려는가. 느닷없이 전화벨이 울린다. 멀리 인도 뭄

바이에 있는 아들에게서 전화가 왔다. 그곳 생활이 즐거운지 평소 잘 하지 않던 말들을 쏟아낸다. 내 건강도 걱정하고 집안의 안부도 묻는다. 매미의 길조는 전화 한 통화로 끝나지는 않을 것 같다. 욕심이 치밀어 올라온다. 복권을 한 장 샀다. 조금 유치한 생각이 들었으나 큰 행운이 다가오는데 무슨 모양이나 체면으로 논할 일인가. 재벌의 돈 모은 과정을 유치하다고 하는 사람은 없다.

하루가 지나도록 매미는 울지를 않는다. 아마 암놈인 것 같다. 그는 알에서 부화되어 6년째 되는 해에 성충이 되니 산란한 해로부터 7년째에 매미가 되는 것이다. 그러나 그가 이 세상에 나와 활동하는 기간은 그리 길지 않다. 더구나 암놈은 높은 소리로 한 번 울어보지도 못하고 사라진다. 그들의 일생은 너무 허무해 보였다.

내가 어릴 때, 매미를 잡으면 그를 울리려고 배를 손톱으로 긁어 울 때까지 애를 먹였다. 어떤 놈은 울고 어떤 놈은 침묵했다. 그때는 암수의 구별은 물론 수놈만 운다는 것도 몰랐다. 결국 암놈만 실컷 고생을 시키고 잔인하게 멀리 팽개쳤다.

수매미는 배 거죽의 안쪽에 있는 V자 모양의 굵은 근육 즉 발음기를 가지고 있다. 그것을 수축하여 소리를 내면 등판 안쪽에 있는 공명실共鳴室에서 소리를 더 크게 확장해서 낸다. 몸 크기보다 훨씬 큰 소리를 낸다. 나는 그런 원리도 모른 채 매미만 잡으면 배를 문질러 울리려고 애를 썼다.

밤이 되었다. 매미는 그대로 있다. 꼼작도 하지 않고 창에 붙어 있다.

그 짧은 생애를 창문에 붙어 시간을 보내고 있다니 참 우직해 보였다. 수매미의 울음소리를 기다리고 있는가, 아니면 어디 몸이 성하지 않아 잠시 안전한 곳에서 쉬겠다고 여기까지 왔는가, 혹시 만삭이 되어 산란할 때를 기다리고 있는 중인가. 괜한 상상을 하다가 창문을 열어둔 채 잠자리에 들었다.

　아침에 일어나 보니 매미는 어디론가 날아가고 없다. 길조는 매미 등을 타고 멀리 날아갔다. 꿈은 허망한 것이고 그것은 언제나 마음을 아리게 한다. 길조는 나도 모르게 내 곁으로 찾아오는 것이 아니고 애써 내가 만들어야 한다는 것을 누가 모르는가. 꽃씨를 뿌리지 않고 예쁜 꽃을 보겠다는 것은 건강한 마음씨가 아니라는 것도 안다. 그래도 기다렸다. 혹시라는 어리석은 기대 속에 좋은 소식이 오기를 기다렸다.

　매미가 떠나간 그 자리에 내 자신을 세워 보았다. 수매미처럼 한때 높은 소리를 내어 남의 시선을 끈 때도 있었지만 그것도 잠시, 지금 나는 세월만 헤아리며 하릴없이 서 있기만 하고 있다. 매미가 거실 창문에 붙어 아무 소리도 내지 못하고 있는 것과 무엇이 다른가. 흐르는 세월 속에 모든 것을 떠내려 보내고, 매미처럼 우두커니 남의 집 창문에 매달려 있는 모습이 얼마나 처량한가. 남이 보면 내 모습이 꼭 이 모양으로밖에 보이질 않을 것이다.

　이제 내가 하는 한 마디 말에도 누구 하나 귀를 기울여주지 않는다. 내 모습을 보고 크게 무엇을 이루리라고 기대하는 사람도 없다. 꿈도 희망도 없이 아무 데나 매달려 죽을 날만 기다리는 모습이 아닌가. 불행히도 나는 아직 이것을 감지하지 못하고 헛발질만 하고 있다.

내가 평생 남의 집 문턱에 붙어 한번 크게 울어보지도 못하고 허송세월했는지도 모른다. 아니면 벽에 비친 내 그림자만 보다가 그것을 실체로 여기고 허상으로 살아왔는지도 모른다. 누구나 꿈을 지니고 살아가지만 그것이 허무하게 사라지는 모습을 자신은 느끼지 못한다.

결국 인생은 한낱 작은 매미의 꿈에 지나지 않는다.

별이 빛나는 밤

별과 관련된 시로 '별을 노래하는 마음으로' 라는 윤동주 시의 한 구절만큼 가슴을 정겹게, 아름답게 그리고 경건하게 한 글은 없다.

그림으로는 고흐의 〈별이 빛나는 밤(The starry night)〉을 으뜸으로 치는 사람이 많은데 상징적으로 그린 그 그림은 너무 어려워 쉽게 이해가 되질 않는다. 그는 밤하늘과 별을 소재로 많은 그림을 그렸는데 나는 이발소 그림 수준 밖에 되지 않아 그 그림 속에 담긴 깊은 뜻을 잘 모르겠다.

시인이나 화가나 자기가 가장 사랑했던 어떤 대상에 대해 그들이 품었던 깊은 열정을 표현했지만 그것을 보는 사람이 그 진수를 맛보지 못하면 안타까운 일이다.

어쩌다 캄캄한 밤하늘 위에 꽃처럼 수놓인 별들을 볼 때는 언제나

'별을 노래하는 마음'으로 천진하게 하늘을 쳐다본다. 어린 시절부터 지금까지 수도 없이 별을 보아 왔지만 학교도 들어가기 전 어린 나이에 전등도 없는 초가집 마당 멍석 위에 누워 쳐다본 캄캄한 밤의 별들은 정말 아름다웠다. 그 때 느낀 신비함, 경이로움 그리고 가슴 조이며 들었던 전설은 지금도 잊을 수가 없다.

나는 지금도 그때 경외했던 별에 대하여 함부로 생성 과정이나 그 별의 역할 등에 대하여 말하는 것을 무척 불경스럽게 생각한다. 우주는 1000억 개의 은하가 있고, 각 은하마다 1000억 개의 별이 있다고 한다. 별을 모두 합하면 100조 개가 넘는다.

이상하게도 우리가 사는 지구는 그 별에 들지 못한다. 지구는 행성이고 행성은 별이 만들어지는 과정에서 먼지찌꺼기가 뭉쳐져서 만들어진 것이다. 그러므로 결국 지구는 별 찌꺼기에 지나지 않는다. 다만 다른 행성보다 푸른색을 띠었으므로 초록별이라고 말하지만 정확하게 별이 아닌 초록 행성일 뿐이다.

천문학자의 큰 공로는 우리가 살고 있는 지금이 얼마나 허무하게 존재하고 있으며, 우리의 존재는 깜박하고 사라지는 짧은 순간에 지나지 않는다는 것을 증명해 준 것이다. 이 허무 속에서도 우리는 별을 노래하는 마음으로 살다가 가는 천진한 마음을 지녔으니 얼마나 다행한 일인가. 반짝이는 별, 캄캄한 밤하늘을 수놓은 별, 그것을 바라보며 그들과 어울려 노래할 수 있다는 것은 큰 행운이 아닐 수 없다. 천문학자가 밝힌 과학적 현상을 모른 채 별이 빛나는 밤에 부르는 노래가 바로 순진무구한 적자지심이 아니겠는가.

여름 밤, 멍석 위에서 어른들이 이야기하던 그 내용들은 상상의 날 갯짓에 지나지 않았지만 내 가슴 속에는 아름다운 전설로 자리 잡고 있다. 견우와 직녀, 북두칠성, 샛별, 은하수 등 수많은 별에 대한 이야 기는 끝이 없고, 이야기 내용은 사람마다 조금씩 다 달랐다. 그러나 그 이야기는 어린 내 가슴에 살아 있는 꿈으로 평생을 지키고 있다.

이야기를 듣는 중에도 하늘에서는 심심찮게 별똥이 떨어져 내렸다. 어떤 것은 밝은 빛의 줄기를 뒷산에까지 이어 떨어졌다. 당장 올라가 면 별똥을 주울 수 있을 것만 같았다. 어떤 이는 별똥을 주워 먹어봤 다고 너스레를 떤다. 맛이 어떠냐고 물으면 그냥 쫄깃쫄깃 하다고만 대답했다. 그러나 그것을 더 물어보는 사람도 없고 따지는 사람도 없 다. 이렇게 여름밤은 깊어가고 유난히 크게 반짝이던 어떤 별은 서산 으로 넘어간다. 그리고 나도 아름다운 꿈을 안고 멍석 위에서 그냥 잠 이 든다.

과학이 우리의 생각을 자유롭게 하는 것이 아니라 아무 것도 모르는 어린이의 마음이 우리를 자유롭게 한다. 캄캄한 밤하늘에서 반짝이는 별들이 우주과학을 떠날 때 우리에게 위안을 주고 큰 의미를 만들어 준다.

태양과 지구의 나이는 45억 년 쯤 된다. 태양의 수명이 반쯤 남았다 고 한다. 지구의 운명도 태양과 함께 해야 한다. 별이 죽어갈 때면 갑 자기 크게 부풀어 내부가 폭발하고, 밝기가 더 크게 변하면서 대폭발 을 하고 죽는다고 한다. 이때 생기는 먼지가 흩어져 새로 생기는 별의 재료가 된단다.

그렇게 멀리 있는 별들이 우리 이웃보다 더 가깝게 느껴지는 것은 무슨 연유에서인가? 별들은 언제 보아도 똑 같은 위치에서 똑 같은 모양으로 어두울수록 더 밝게 반짝인다. 그 별들 속에 내 별이 꼭 하나 있을 것만 같고, 먼 훗날 나와 함께 해줄 것만 같다. 영원히 나를 지켜주고 사랑해 주리라고 믿는다.

아, 그리고 그 많은 별들 어느 하나도 한 점 부끄럼이 없는 모습을 하고 있다. 따로따로 떨어진 별들이 고독해 보이지만 한데 어울려 반짝일 때 그것은 장관을 이루고, 우리에게 크고 아름다운 꿈을 키워주고 있다.

우주 속의 모든 것은 죽는다. 별이 빛나는 이 슬픈 밤에 무슨 말을 해야 위안이 되겠는가.

별을 노래하는 마음으로
모든 죽어가는 것을 사랑해야지.

겨울 요사채

중심사證心寺 담 자락에 능소화가 흐드러지게 피던 날, 나는 다시 그 절 입구에 있는 요사채에 들어갔다. 십년 전 내가 시주한 절 안내판이 조금도 변하지 않고 제 모습으로 나를 반긴다. 내가 오래 떠나 있었던 자리가 무척 허전해 보였지만 그 때 내가 쓰던 방은 옛 고향집 같다.

방은 허술하고 문풍지는 바랬지만 한때 주인이었던 내 방에 들어서니 낯선 느낌이 조금도 들지 않는다. 다만 달라진 것은 그 방이 많이 낡았고 나도 많이 늙었다는 것이다.

산속의 시간은 천천히 지나가는데, 벌써 12월, 세월은 빠르게 달아난다. 여기 들어온 지 얼마 되지 않은 것 같은데 산길에는 구절초가 하얗게 가을을 재촉하더니 이내 겨울로 접어들었다.

그동안 나는 이 절 안에서 무엇을 했던가. 벌써 반년 가까이 지났는데 벗어 던지고 싶던 번뇌는 아직도 꼼짝 않고, 내 머리 속에 똬리를 틀고 앉아 있다. 모든 것을 벗어버리겠다고 방문을 닫아걸고 좁은 방안에 혼자 앉아 있지만 잡념은 문틈 사이로 자꾸만 기어들어온다. 부족한 살림의 헌 신짝도 들어오고, 신기루 같은 헛된 꿈도 다시 살아나 찾아오고, 보고 싶은 얼굴이 살포시 웃으며 나타나기도 한다.

잡상雜想을 잠재우는 방법은 없는가.

모든 것을 잊고 아무 소리도 듣지 않으려고 이 요사채에 들어왔는데, 신심이 부족하여 자꾸 무엇을 기다리게 된다. 무슨 소리든 좋다. 이 허전한 마음을 채워줄 수만 있다면 목탁 소리든 범종 소리든 아무 소리라도 좋다.

네 발 달린 온갖 짐승을 제도하려는 법고法鼓 소리, 날아다니는 날짐승과 모든 곤충을 안락하게 하려는 운판雲版 소리, 물속에 사는 생물들을 구원하려는 목어木魚 소리, 지옥의 중생을 제도하겠다는 범종梵鐘 소리, 다 좋다.

그러나 번뇌를 제압하고 진심을 절로 우러나게 하는 법음法音은 너무 멀리서 들리고 그 소리는 내 가슴까지 파고들지 않는다. 나는 자비의 대상이 아닌가보다. 언제쯤 내 마음에 일고 있는 잡상들을 지울 수 있겠는가.

지난날의 오만과 객기가 얼마나 많은 사람의 가슴에 못을 박아놓았는데 법고소리 하나에 그 죄를 모면하려 하는가. 그 법음을 핑계로 내 몸만 살짝 빠져나간다면 그것은 더 큰 죄가 되지 않겠는가. 이런 과오를 세상과 떨어진 요사채 좁은 방안에 혼자 앉아 있다고 죄를 면하게 된 것처럼 여긴다면 그것은 더 큰 죄악이 되고 말 것이다.

　산속 겨울은 춥다. 겨울 요사채는 썰렁하다. 찾아오는 사람도 없다. 절 안에 쌓여 있는 이야기는 슬프게 들린다. 스님의 재색 적삼에 묻은 사연들은 서러운 전설이 되고, 사랑도 미움도 염불 소리에 묻힌다. 제행무상諸行無常을 어떻게 설명하랴, 목탁 소리로 그저 느낄 뿐이다. 범종 소리가 사해에 퍼지고 법음이 구만리장천으로 오른다.
　이 추운 겨울, 나는 따뜻한 봄을 맞이하기 위해서 내 죄를 다 틀어내 놓지 않으면 안 된다. 이불의 먼지를 털 듯 긴 막대기로 두들겨 패야 한다. 겨울의 모진 바람으로 나를 후려쳐 응보로써 속죄케 해야 한다. 긴긴 겨울, 굴속에 나를 가두어 동면으로 이 죄인의 행동을 잠재우고, 꽁꽁 언 손발이 다시는 탁류에 담기지 못하게 제압해야 한다. 겨울 요사채 안에서 자신을 숨기는 비굴한 인간이 아니라 그 안에서 속죄하고 다시 태어나는 인간이 되게 해야 한다. 그리하면 폭풍우 뒤에 떠오르는 오색 무지개가 될 수 있을 것이다.

　짧은 겨울 해가 서산을 넘고, 저녁 예불 소리가 들린다. 목청껏 소리치고 싶은 만용을 잠재우고, 조용히 참 조용히 아름다운 영혼으로 다시 태어나기를 기원한다.
　진리는 어디 있는가. 집착을 버리면 진리를 맛볼 수 있겠는가. 번뇌가 없어져야 깨달음의 경지에 이른다고 하지만 이 요사채에서 추운 겨울을 백 번 지내봐도 열반적정涅槃寂靜에 이를 것 같지 않다.

문틈으로 찬바람이 스며들고 나는 담요를 끌어당겨 무릎을 덮는다. 내 몸을 겨울 요사채에 묻어놓고, 아무리 고행을 해도 일체개고一切皆苦에서 한 치도 벗어날 수 없음을 어쩌겠는가.

5

감천강

석양이 놀을 깔고 강바닥 흰 모래 위에 붉은 색을 드리우면 나는 강둑에 서서 긴 다리 위로 지나가는 버스를 하염없이 바라보곤 했다. 목탄 냄새를 풍기며 천천히 지나가는 버스 안에 혹시 어머니가 타고 있는가 싶어 그 버스가 보이지 않을 때까지 뽀얀 먼지를 뒤집어 쓴 신작로를 바라보고 있었다.

감천강

　내가 어릴 때, 감천강은 내 고향 선산면과 타향을 구분 짓는 경계선이었다. 일 년에 몇 번 할아버지를 찾아오시는 아버지와 강둑에서 당신을 기다리는 나를 멀리 갈라놓는 금이 되기도 했다.

　석양이 놀을 깔고 강바닥 흰 모래 위에 붉은 색을 드리우면 나는 강둑에 서서 긴 다리 위로 지나가는 버스를 하염없이 바라보곤 했다. 목탄 냄새를 풍기며 천천히 지나가는 버스 안에 혹시 어머니가 타고 있는가 싶어 그 버스가 보이지 않을 때까지 뽀얀 먼지를 뒤집어 쓴 신작로를 바라보고 있었다.

　망태를 메고 방천에서 꼴을 뜯고 있으면 어디선가 외로움이 밀려와 강물을 따라 끝없이 흘러갔다. 할아버지의 영이 무서워 감히 나를 데려가겠다는 말도 끄집어내지 못한 부모님은 해질 무렵 고향 쪽을 보고 있으면 어둠살 속에 내 얼굴이 희미하게 나타나곤 했다고 한다.

"네가 세 살 들던 길로 여기 데려 왔다."

수없이 들은 할머니의 이 말씀은 열두 살 되던 여름 방학 때 끝이 났다. 새로 개교하게 된 사범학교에 넣기 위해서 안동으로 데려가지 않으면 안 된다는 명분이 들어맞은 것이다. 할아버지는 묵묵부답으로 허락을 대신했고, 할머니는 10년을 품에 안고 살았던 정을 떼지 못하여 대성통곡을 했다.

강산도 변한다는 10년 세월이 여섯 번을 곤두박질치고, 소태 같은 세월 속에 숱한 추억들이 맥없이 감천강물에 떠내려갔는데 하얀 모래톱 속에서 자질구레한 이야기들이 새싹을 틔우며 되살아난다.

누가 말했던가. 나의 모든 작품은 유년 시절의 추억으로부터 시작된다고. 이제 늙은 고목이 된 내 기억 속에 가장 선명하게 되살아나는 추억은 언제나 어린 시절이었다.

오랜 세월 속에 묻혀 있던 낡은 추억들이 무슨 힘이 생겨 불쑥불쑥 튀어 나오는가. 태평양 전쟁 말기 일본군 비행기가 기관 고장으로 감천강 모래톱에 곤두박이치던 날, 우리는 좋은 구경거리가 생겨 신이 났다. 겨우 목숨을 건진 일본군 비행사 두 사람이 겁먹은 표정으로 나뭇가지를 베어 비행기 몸체를 가리던 모습이 선하다.

서당골 종옥이 어머니는 일찍 남편을 잃고 시부모를 모시면서 뼈 빠지게 농사일에 매달리다가 고달픈 삶의 무게를 이기지 못하여 어린 삼남매를 남겨둔 채 감천강 물속으로 몸을 던졌다.

입에 풀칠이라도 하겠다며 감천강 다리를 건너간 종수 누나는 몇 해가 지나서 사생아 하나를 데려다 친정에 맡겨 놓고 어디론가 떠나버렸다. 어린 것은 배가 고파 밤마다 생쌀을 훔쳐 먹다가 개구리 같이 불룩해진 배를 안고 먼 하늘로 떠났다.

방천 둑에 소를 풀어놓고, 강물에 멱을 감던 나는 몇 번이나 깊은 곳에 빠져 허우적거리다가 용케 살아남았다. 삭아드는 달빛 속에 감천강물은 슬픈 전설을 안고 장천으로 내려가 낙동강 깊은 물속으로 숨어버린다.

지금도 그 긴 다리를 천천히 넘어오는 버스 속에는 어머니의 그림자가 남아 있는 것만 같다. 그리고 할아버지 앞에서 나를 한 번도 안아주지 못했던 어머니의 한이 하얀 모래 위에 아지랑이로 피어오르는 것만 같다. 이제는 자유로운 저 세상에서 마음껏 소리 질러 내 이름을 불러보아도 좋으련만.

나를 부르는 그 소리가 모기 소리만큼 가냘프게 작은 파장을 일으키며 귓전을 때린다.

"영아 ~!"

강물도 무상無常한가. 오늘도 욕망을 실은 버스가 다리 위를 지나고, 강물은 제행諸行을 쓸어 담고 유유히 흘러간다. 나는 지금 먼 타향에서 슬픈 감천강을 그리며 아무 소리도 내지 못하고 장승처럼 서 있다.

자화상

참 어정쩡하게 살아왔다.

아주 똑똑하질 못하거든 아예 바보가 될 일이지 물에 물 탄 듯 왜 그렇게 희미하게 살아 왔는가.

뭐 하나 똑 부러지게 해 놓은 것도 없이 언제나 빚으로 살아왔다. 인생의 지각생, 남의 뒤를 따라가기에 급급했다. 아내는 나보고 평생 뒷북만 치며 살아간다고 한다. 나의 행동은 모두 어리석게 보이는 것 같다.

그러고 보니 나의 하루하루는 별로 의미 있게 산 것 같지가 않다.

운문선사가 대중에게 물었다.

"지나간 과거는 묻지 않을 터이니 앞으로 어떻게 살아갈 것인가를 일러 보라."

대중이 대답이 없자 운문선사가 스스로 답했다.

"일일시호일日日是好日 -날마다 좋은 날이다.-"

매일매일이 시들한 날이 아니라 날마다 새롭고 좋은 날이라는 뜻이다. 하루는 24시간, 1,440분, 86,400초다. 이 짧은 순간들을 의미 있게, 적극적으로 살아야 하는데 나는 정말 어정쩡하게 살아왔다. 이 좋은 날들을 찡찡거리며 살아왔고, 그늘 안에 숨어서 남의 탓만 했다.

내가 젊은 시절, 하숙을 하고 있었는데, 옆방에 사주 관상을 보는 사람이 장기 투숙을 하게 되었다. 그가 내 관상을 보겠다고 조르는 바람에 생전 처음으로 관상을 보게 되었다. 나는 아주 무표정하게 아무 말도 하지 않았다. 처음에는 형제가 적을 것 같다고 운을 뗀다. 나는 아무 대답을 하지 않았다. 6형제 7남매 맏이라는 어떤 암시도 주지 않았다. 그는 또 한 쪽 부모가 없다고 했다. 부모님은 구존하고 계시지만 나는 아무 말도 하지 않았다.

그는 짜증을 내면서 무슨 말이든 해야지 관상이 진행되지 않겠느냐고 했다. 점은 상대방으로부터 자료를 얻어가며 알아맞히는 것인데 아무 반응이 없으니 점이 될 턱이 없다.

그 후 나는 한 번도 관상이나 점을 쳐 본 적이 없다.

나는 관상을 볼 필요도 없이 나 자신을 너무 잘 알고 있다. 누군가 '네 자신을 알라.' 고 했지만 자신을 모르는 사람이 어디 있겠는가. 다만 자신과 맞지 않는 행동으로 억지를 부리니까 탈이 나는 것이다.

성공한 사람은 자신의 함량보다 더 큰 일에 도전한다. 나는 나의 함량을 헤아리기 전에 어정쩡한 자세로 기회를 놓치고 만다. 자연히 후회가 많아진다. 어떤 상황에 부딪치면 고뇌만 깊어지고 해결은 못한다. 언제나 나의 선택이 과감하지 못하니 항상 쩨쩨하다는 소리를 듣는다. 안전하고 편안한 쪽으로만 마음을 기울이면 큰일을 이루기는 힘들지 않겠는가. 참으로 심약하다.

초기불교 아비담마에서는 외부의 신호가 한 번 접수되었을 때 마음은 그 신호를 대상으로 열일곱 번이나 일어났다가 사라진다고 한다. 순간에 일어나는 이 변덕을 잘 잡아 쥐어야 순행을 하게 된다.

나에게 이런 기회가 얼마나 많이 찾아 왔다가 지나갔겠는가. 참 어정쩡하게 살았다. 돌격하지 않고 고지를 점령할 수 있겠는가. 나는 육탄전에는 아예 자신이 없다. 평생 싸워서 이겨 본 적이 없다. 구둘장군처럼 집안에서만 이긴다. 이제는 그마저도 승자의 자리를 내어주고 말았다. 패자는 슬프다. 그래도 할 말은 있어 '지는 것이 이기는 것이다.' 하고 위로를 한다. 그것은 약자의 소리다. 지는 것은 지는 것이고 이기는 것은 이기는 것이 아닌가.

나의 계절은 언제나 겨울 한 가운데 있다. 북풍이 후려치는 겨울 산 속에서 혼자 서 있는 나무다. 영하의 냉동 속에서 떨고 있다. 고독을 즐기며 신기루 같은 꿈을 잡으려고 허우적대기만 한다.

내 얼굴은 흐르는 냇가에 비춰진 그림자요 그것은 흐르는 속도만큼 어지럽게 흔들린다. 밀려 떠내려가는 내 그림자가 가엾어 보인다. 나는 지금도 남을 용서하는 강자가 되지 못하고 용서 받는 약자의 모습으로 하염없이 떠내려가기만 한다.

　이제 더 용서 받고 구원 받을 기도도 끊어지고, 겨울 나목처럼 찬바람으로 벌을 받고 서 있는 어정쩡한 내가 되어 물그림자로 흔들리고 있다.

영혼의 무게

내 영혼의 무게는 얼마나 될까?

100킬로그램이나 되는 인간이라도 얼마 되지 않는 영혼이 빠져 나가면 그 육체는 나무 둥치보다 못해진다.

미국의 어느 병원에서 실험한 결과 임종 직전의 몸무게와 임종 후의 몸무게가 평균 1온스 차이가 났다고 한다. 즉 영혼의 무게는 1온스 (28.354g) 정도라는 것이다. 스웨덴의 어느 연구팀은 정밀 컴퓨터 제어 장치로 실험해 보았더니 임종 때 사람의 체중 변동은 21.26214g이었다고 한다.

이 작은 영혼이 사람을 움직이고, 세계 역사를 다시 쓰게 하고, 우주에 도전하고 있는 것이다.

영혼은 무거울수록 좋은가.

나는 가벼운 마음으로 살고 싶다. 위인이나, 문호나, 영웅들은 자신과 부닥치는 현실과 싸워 이기려고 그의 영혼을 얼마나 무겁게 무장시켰는가. 칭기즈칸의 영화를 보면서 그의 무거운 고뇌에 감동했다. 그러나 나는 그렇게 무거운 마음으로 살아갈 수 있는 힘이 없다. 내 영혼은 그렇게 무거운 동력이 없다. 내 영혼은 너무 가벼워 아무 쓸모가 없는 것 같다.

내가 즐거울 때 느끼는 마음의 무게와 괴로울 때 느끼는 마음의 무게는 틀린다. 기분이 좋지 않을수록 마음이 무겁다. 저울로 달아보면 차이가 나겠는가. 마음의 무게 즉 중심重心을 잃으면 쓰러진다고 한다. 오뚝이의 밑 무게가 넘어져도 그를 바로 일으키는 그런 마음의 무게가 우리를 확실하게 지탱해야 할 것 같다.

영혼은 무게보다 크기나, 넓기나, 색깔로 따져 볼 수도 있지 않을까.

1948년 여순반란 사건에서 두 아들을 잃은 손양원 목사의 영혼은 그 넓이를 잴 수가 없을 정도로 숭고했다. 반란군에 가담한 공산주의 추종 학생들이 손 목사의 두 아들을 예수쟁이에 친미파라는 이유로 총살했다. 반란이 진압 된 뒤 두 아들을 죽인 학생 중 한 명이 체포되어 사형장으로 끌려가는데, 손 목사는 이 학생을 죽이지 말아달라고 탄원했다.

"이 아이를 회개시켜 내 아들로 삼고, 사람이 되게 하겠습니다."

결국 원수를 아들로 키웠고, 손 목사는 6·25전쟁 때 공산군에게 총살당했다.

그의 영혼은 얼마나 크고, 넓고, 아름다운 색깔을 지니고 있었을까.

나는 혼자 앉아 묵상할 때가 좋다. 그럴 때 나는 내 영혼의 무게를 느끼지 않는다. 누구에게 줄 것도 받을 것도 없어 좋다. 그러나 아내는 내가 성심이 부족하다고 핀잔을 준다. 영혼의 무게가 가볍다는 뜻이다. 영혼의 자유를 갈망하는 내 마음 한 구석에는 언제나 공허한 빈터가 있어 허전하다. 내 영혼은 프로쿠루테스의 침대에 눕혀져 그 테두리를 한 치도 벗어나지 못하고 있다. 자유를 그리며 외계로 탈출하면 곧 병균이 내 영혼을 파고들어 고뇌의 늪에 빠뜨린다. 중심重心이 없으면 영혼의 자유도 누릴 수가 없는가 보다.

20세기의 화두는 사람의 몸이었다면, 21세기의 화두는 사람의 영혼이라고 한다. 몸의 병은 거의 다 고칠 수 있지만, 마음의 병은 완전히 고치기 어렵다. 남에게 떠밀려 피를 흘리면 몸은 곧 고쳐지지만 마음에 흐르는 피는 좀처럼 멈춰지지 않는다. 마음에는 아직 혈소판이 취약한 것 같다. 마음은 마음으로 고쳐야 한다.

영혼이 거주하는 뇌를 촬영하는 자기공명영상법이 개발되어, 뇌도 아주 자세히 들여다 볼 수 있게 되었다. 정신분석학자들도 자기공명영상법으로 마음을 자세히 들여다보려고 한다. 그러나 쉽게 보이지도 않고, 마음의 병을 치유하는 데도 한계를 느낀다. 결국 과학도 영혼의 범주 안에는 들어가기가 어려운 것 같다. 그 영혼을 기계적으로 변용시키는 기술은 아직 요원하다. 마음대로 영혼의 무게를 더할 수도 뺄 수도 없다.

　아마도 내가 죽으면 임종 직전이나 직후나 몸무게가 같을 것 같다. 아무 공덕이 없으니 무슨 무게라고 할 만한 건덕지가 있겠는가.
　그러나 가벼운 내 영혼의 문을 활짝 열어놓고, 허허한 그 자리를 채워줄 영성을 경건히 맞이하고 싶다.

손가락 안경으로 보는 세상

나이 들면서 자꾸 세상의 이치를 더 깊이 파헤쳐 보려는 습성이 생겼다.

아무리 자세히 보고 생각해도 세상이 분명하게 보이지 않는다. 어릴 때는 손가락 안경을 끼고 보면 세상이 참 정확하게 보였는데.

수도자修道者는 자신을 발견하려는 욕심으로 세상을 바로 알려고 애썼다. 고행도 마다하지 않고 세상의 이치를 캐내려고 힘썼다. 오랜 옛적부터 이처럼 노력을 계속했지만 아직도 통계 숫자처럼 분명하게 세상의 원리와 이치를 말해주지를 못한다.

어떤 고승高僧은 말했다. "인생이 순탄하기를 바라지 마라. 일이 뜻대로 되면 뜻을 가벼운 데 두나니 일이 뜻대로 되지 않음을 수행修行으로 삼아라."

그러나 그 수행이라는 것이 참 어렵다. 어디까지 가야 수행의 끝이 보이는지 아무도 모른다. 인생을 깨달았다고 하는 사람의 이야기가 도무지 이해가 되지 않는다. 그 말대로 실행해 보아도 내 인생은 조금도 변하지 않는다. 다만 답답한 생각의 웅덩이에 깊이 빠져 들 뿐.

위대한 철학자는 인생을 한껏 어려운 말로 피력하여 내가 살고 있는 인생을 더 어둡고 캄캄하게 만든다. 그 말을 몇 번이고 되씹어 보면 더 많은 의문이 생기고 불신의 골은 더 깊어진다.

내가 고생을 더 하면 환한 인생의 모습이 눈앞에 전개될 것인가. 지금까지 고생한 것도 큰 수행修行이었는데 얼마나 인생을 더 연습하고, 단련하고, 괴로워해야 하는가.

랍비는 율법을 지키도록 요구한다. 그 법대로 살아가는 것이 가치 있는 인생이라 했다. 여기에 의문을 가진 이가 율법보다 사랑이 더 값지다고 주장한다. 여종과 주인과의 관계는 의무이고, 아내와 남편과의 관계는 사랑이다. 만약 여종이 주인의 아내가 되면 그가 종으로서 율법 같은 의무를 수행할 때 보다 더 많은 일을 해도 행복해질 것이다. 사랑은 인생의 정점이 될 수 있기 때문이다. 그것을 행복이라고 불러도 무방하리라.

세상은 광폭 렌즈로 보는 것보다 손가락 안경으로 보는 것이 오히려 더 간편하고 확실할 것 같다. 손가락 안경에는 가식이 없고, 허구가 없고, 거짓이 없다. 물은 물로 보이고 산은 산으로 보인다.

그런데, 현실은 손가락 안경을 용납하지 않는다.

주머니가 넉넉하면 갑자기 세상이 아름답게 보이고, 어쩌다 주머니가 아주 두둑해지면 저주할 대상마저 사라진다. 돈은 어떤 좋은 말이

나 철학적 이론보다 나를 더 기쁘게 하는 힘이 있다. 빵의 부족에서 비극이 잉태되고 배고픈 자에게 쏟아 붓는 설교는 허사虛辭에 지나지 않는다. 세상은 훨씬 복잡하다. 오류와 동거하면서 탁류 위에 유람선이 떠다니고 있는 것이 현실이다.

많은 세월이 흘렀다.

늙은 손가락으로 안경을 지어 세상을 본다. 도수가 없는 안경으로 보이는 세상은 침침하고 무엇이 무엇인지 하나도 마음에 드는 것이 없다. 나이가 많아지면 안경을 끼고 보는 세상이나 벗고 보는 세상이나 같아지는가. 조금 더 있으면 방안에 누웠으나 산속에 누웠으나 똑 같아지는 것과 같다.

나는 어릴 때 손가락 안경으로 세상을 많이 봤다. 비록 세상이 작게 보였지만 확실하고 똑똑하게 보였다. 거짓이 없는 참 세상이 보였다. 석양 아래 긴 그림자가 드리운 지금, 서북풍을 타고 밀려온 황사 속에서 시야가 분명하지 않고 호흡이 곤란해도 손가락 안경으로 세상을 보고 싶다. 죽을 때까지 적자지심赤子之心으로 내 몸을 지탱하고 싶다.

길고 먼 여행

줄져가는 기러기는 얼마나 먼 여행을 하며, 어디까지 가는가. 정답게 형제처럼 날아가는 안행雁行에 정감은 가지만 쉬지도 않고 계속 날아가는 모습은 안쓰러워 보인다. 그들은 목적지를 향한 여행자일 뿐, 오며 가며 아름다운 풍광도 눈여겨보지 못하고 따라만 가는 여행을 하고 있다. 본능적으로 삼각 줄을 서고, 때가 되면 북으로 갔다가 철이 바뀌면 남으로 내려오는 장님 같은 여행을 반복한다.

그동안 내가 살아온 긴 여행도 그와 같시 않았던가. 먼 여행을 하면서 나 자신을 바로 보지 못하고, 남의 뒤만 따라가면서 기러기 편대에서 벗어나 보질 못했다. 여행의 진화는 콘셉트 여행이라 했다. 나는 기본적인 생각도 없이 단순한 여행자로 보이는 데 만족하며, 조금도 진화하질 못했다. 정률의 대열에서 이탈하지 않는 것을 명예로 여겼고, 큰 덕망으로 자부했다.

조나단 갈매기는 그들의 전통적 인습에서 벗어나, 제 생각대로 제 꿈을 펴면서 이단자가 되었다. 그는 높이 날면 멀리 보인다는 것을 발견하고, 남이 무어라 하든 마음껏 자기 소신의 여행을 즐겼다. 나는 그런 엄청난 행동을 하면 곧 죽는 줄 알고, 정해진 대열에서 조금도 벗어나질 못했다. 그 삼각 행렬이 나 때문에 흐트러질까봐 노심초사하며, 남의 눈치를 살피는데 급급했다. 아예 나의 존재를 인정하지 않았다.

인생의 오후가 되자 때때로 나대로의 여행을 한 번도 해보지 못한 것이 후회되었다. 어디 먼 여행을 하고 싶기도 하고, 트렌드가 있는 멋진 여행을 하고 싶기도 했다. 지금까지 손바닥 안을 벗어나 보지 못한 여행이 답답하고 불만스러웠다.

외할머니는 환갑이 될 때까지 선산면 이문동 안에 있는 작은 마을 연봉리를 떠나본 적이 없었다. 학교가 없던 옛날에 태어났으니 글도 모르고, 사육신 하위지 선생이나 점필재 김종직 선생이 연봉리에서 태어났다는 것도 몰랐다.

6·25 전란이 일어나자 피란을 갔는데 대구를 지나 경산군의 어느 큰 개울의 방천까지 갔다. 피란민이 전국 각지에서 모였고, 만나는 사람마다 첫 인사는 한결같이 같았다.

"어디서 오셨습니까?"

외할머니 대답도 한결같이 같았고, 언제나 공손했다.

"연봉리에서 왔습니다."

묻는 사람은 의아한 눈초리로

"연봉리가 어딥니까?"

외할머니는 무어라 설명을 해야 할지 망설이다가 혼잣말로

"얄궂어라, 연봉리도 모르나…."

우물 안의 우문우답은 그곳을 떠날 때까지 반복되었다. 인민군은 대구 인근까지 밀고 들어왔으나 전세가 뒤바뀌어 유엔군이 서울을 탈환하자 북으로 도주했다. 피란민들은 고향으로 복귀하고, 외할머니의 짧은 여행도 거기서 끝났다. 경산 방천까지의 여행이 처음이요 마지막이 되었다. 그러나 외할머니는 짧은 피란생활에서 세상은 얼마나 넓고, 사람들은 모두 다른 색깔을 하고 있다는 것을 알게 되었다.

많은 세월이 흐른 뒤, 외할머니는 이승을 떠나고, 나는 간간이 여행 길에 올랐다. 유럽의 여러 나라, 중국, 일본 그리고 멀리 캐나다, 호주 뉴질랜드까지 여행을 했다. 외국여행은 여행사의 계획과 일정에서 벗어날 수가 없었다. 조그만 행동도 그 나라 풍습과 법규를 따라야 했다. 한번은 캐나다에서 여행사의 일정을 벗어나 내 계획대로 다닐 수 있는 시간을 얻었다. 렌터카로 넓은 대지를 내 마음대로 달려보았다. 그러나 낯선 곳에서 핸들을 잡으니 불안했다. 멀리 인가만 보여도 표지판에는 동리 앞이라고 속도를 줄이라고 했다. 법은 엄했다. 공공장소에서 술은 못 마신다. 마개를 딴 술병을 들고 다녀도 안 된다. 금연 규정도 엄했다. 지키지 않으면 대번에 고발당한다. 분명 고통과 제약 없이 천국은 만들어지지 않는다.

여행에서 완전한 자유를 누릴 수는 없다. 그래도 더 멀리, 더 많은 나

라를 가보고 싶어 한다. 여행에도 욕심은 버릴 수가 없는가. 바닷물처럼 마시면 마실수록 목이 타는가 보다. 나이 들면서 도인 같은 깨달음이 왔다. 앞으로 더 먼 여행을 한다고 하더라도 결국 손바닥을 벗어날 수는 없다. 달나라도 있고, 태양계의 여러 위성도 있고, 더 멀리 몇 백 광년이 걸리는 별나라도 있지 않은가. 밤하늘에 반짝이는 수많은 별들만 쳐다봐도 인간이 얼마나 유약하고 무지한가를 금방 깨닫게 된다.

누구나 여행에서 짜릿한 자유를 희구한다. 그러나 어딜 가도 그렇게 자유로운 세상은 없다. 나는 꿈 같은 영성의 세계에서 즐기는 여행을 상상해 본다. 그곳은 지성과 이성을 뛰어넘는 신비한 성지로의 여행이 될 것만 같다. 나는 현세의 울타리를 넘고, 믿음에 찬 나그네가 되어 길고 먼 여행을 하고 싶다.

우체부 아저씨

옛날 시골에서 우체부가 오면 제일 반가웠다. 기쁜 소식도 있고 슬픈 소식도 있지만 어쨌든 기다리던 소식이고, 그가 아니면 먼 데 있는 소식을 전해 줄 사람이 없다. 우체부 아저씨가 산골 외딴집으로 가는 편지 한 통 때문에 10리, 20리 산골길을 자전거로 종일 왕복하는 모습을 봤다. 내가 자전거 길밖에 없는 산골에서 근무해 봤기 때문에 그것을 본 기억이 생생하다.

1958년대, 전화기를 가신 집은 극 소수였다. 어지간한 공무원 집에도 전화기가 없었다. 모든 통신 수단이 편지로 집중되고, 새로운 소식도 편지에서 알게 되었다.

우체부 아저씨는 새로운 소식을 전하는 데는 천사와 같은 존재가 되었다. 그러한 시절, 나는 대학교 4학년이었다. 이발을 하면서 신문을 보는데 '우체부 아저씨' 에 대한 노래 가사 현상 모집이 눈에 띄었다.

그때만 해도 이발하는 시간이 많이 걸렸다. 가위질도 오래 했고, 면도도 알뜰히 했다. 머리를 감고, 말린 머리를 다듬어 세우고, 안마까지 하다 보면 1시간을 넘겼다.

그동안 내 머리 속에 우체부 아저씨의 일상과 그로 인한 기쁜 소식의 전달 모습이 머리에 떠올랐다. 집에 와서 그 영상을 바로 글로 썼다.

> 이집저집 다니면서 편지요, 전보요
> 먼데 소식 전해주는 고마운 아저씨
> 가방 메고 이곳저곳 수고하며 다니네
> 집집마다 문패 달고 기쁜 소식 기다리자

2절도 1절의 가사와 대구對句가 되는 말을 골라 그의 활동상을 더 절실하게 묘사했다.

얼마 후, 신문 광고 난에 노래 가사 입선작 발표가 났다. 내 글이 당선작이 되고 가사도 다 실어 놓았다. 가작으로 입선된 2사람의 명단도 실렸다. 미농지에 타자로 친 공문이 정중하게 배달되어 왔다. "단기 4291년 5월 16일 날짜로 〈우체부 아저씨〉 노래를 엄정 심사한 결과 귀하의 작품이 당선작으로 입선되었습니다. 상금 3만환을 우편환으로 송금하오니 앞으로도 체신사업에 더욱 협조하여 주심을 바라나이다." 끝에 체신부 우정국장의 직인이 커다랗게 찍혀 있었다.

나는 그 상금으로 제일 먼저 어머니께 3면 거울이 달린 큰 경대를 사드렸다. 그때는 어머니가 40대여서 참 좋아하셨다. 그리고 나머지 돈도 다 드렸다. 대학까지 마치는 해에 처음으로 효도다운 효도를 한 것 같아 무척 기뻤다.

이 노래는 정부에서 적극적으로 보급에 힘썼다. 공문을 전국의 초등학교에 보내어 학생들이 즐겨 부르도록 했다. 그해 여름방학 때 방학 과제장 뒤표지에 이 노래를 실어 더욱 애창하도록 했다. 거기에는 '집집마다 문패 달고 기쁜 소식 기다리자' 는 선전 문구가 크게 힘을 실은 것 같다.

당시에는 아파트라는 게 없었고, 다닥다닥 붙은 판잣집에는 번지도 문패도 없었다. 우체부가 편지를 배달하는 데 애를 먹었다. 배달 방법은 대부분 수취인의 이름으로 집을 기억하고, 모르면 부근에 사는 사람들에게 물어 배달하곤 했다. 세월이 많이 흘렀다. 이제 연하장이나 부고 같은 것을 보낼 때도 휴대전화 문자나, 이메일로 보낸다. 편지를 세월없이 쓰고 있는 사람은 이제 찾아보기 힘들다.

오래 전에 우체부 노래도 바뀌었다. 내가 지은 노래가 고색이 창연한 유물이 된 것이다. 우체부와 얼굴을 맞대는 일도 드물어졌다. 아파트 편지함이나 단독 주택에도 대문 안에 설치된 편지함에 편지만 넣고 훌쩍 떠난다. 반가움도 고마움도 사라졌다. 급한 편지는 없어지고, 전보도 꽃무늬가 새겨진 축전이나 검은 글씨의 조전만 남았다.

바쁘고 급할 때는 휴대전화가 훨씬 빠르다. 언제 어디서나 바로 전달이 가능해졌으니 얼마나 편리해졌는가. 아직도 우체부 노래를 부르며 원시적인 배달을 유지하는 것은 납입 고지서나 모임 통지서, 월간

잡지뿐이다.

세월은 모든 것을 변화시킨다. 정치가는 개혁과 변화를 입에 달고 다닌다. 옛날, 아주 옛날 내가 어렸을 때는 우표 한 장도 큰 돈이었다. 가난한 학생은 우표를 사지 못하여 그냥 고향 부모에게 부치면 수취인이 약간의 벌금을 내고 편지를 받았다. 꾀가 많은 학생은 편지 봉투에 O 표나 X 표를 기재하여 안부를 전했다. 우표가 없는 편지를 받은 부모는 봉투에 O표가 있으면 아들이 무사하다는 것을 알고 수취 거부로 우체부를 그냥 돌려보내고, X표가 있으면 무슨 일이 생겼다는 것을 알고 벌금을 내고 편지를 받았다. 그때는 정말 가난했었다. 병원에 한 번 가보지도 못하고 죽은 어린 아이가 많았다. 돈이 없어 물을 떠 놓고 빌기만 했다.

체신의 날이 되면 우체부 노래가 방송으로 연달아 나왔다. 우체부를 칭찬하고 격려하는 말들이 쏟아져 나왔다. 근래는 체신의 날이 되어도 TV에서 한 마디의 언급도 없고, 새로 바뀐 우체부 아저씨 노래도 들어보지 못했다.

스마트폰에서 편지뿐 아니라 사진까지 그것도 실시간으로 동영상을 보는 세상이 되었으니 편지를 칭송하다가는 웃기는 사람으로 취급받는다. 어머니에게 드린 3면경 경대는 지금 어디 있는가. 어머니도 세상을 떠난 지 20여 년이 되었다. 그러나 우체부 아저씨는 지금도 등기나 소포를 들고 현관문 벨을 누른다. 반갑다. 그리고 나는 아주 다정스레 인사를 한다. 그러나 그는 내가 우체부 노래 작사자였다는 것을 모른다.

그는 약간 의아하게 생각하며 아파트 계단을 내려간다. 그리고 중얼 거린다.

"나이도 꽤 많아 보이는데 젊은 나에게 왜 그렇게 공손히 인사를 하지?"

몸 그리고 눈

우리는 몸 관리가 일상화 된 시대에 살고 있다. 더욱 젊고 건강한 몸, 날씬한 몸, 섹시한 몸을 목표로 온갖 방법과 노력을 기울이고 있다. 모든 시간과 금전을 투자해서 끊임없이 연구하고 수련을 해 자신을 표현하는 대표적 수단으로 부각시키고 있다.

이와는 좀 다르게 4년마다 개최되는 올림픽이나, 매년 열리는 전국 체전은 몸으로 서로 다투어 싸우는 제전이다. 건강이나 장수를 위한 몸의 단련이 아니고, 오직 승리만을 위한 경쟁일 뿐이다.

아름다운 리듬체조 선수의 발을 보라. 얼마나 혹사하고 학대했던지 피멍이 들고, 모양은 정이 떨어질 정도로 망쳐놓았다. 체전은 아름답게 몸을 가꾸고 건실하게 몸을 키우는 제전이 아니고, 오직 승리를 위하여 몸을 압박하고 잔인하게 혹사하는 치열한 싸움터가 되었다.

나는 선수도 아니고 경기에 참여할 만한 운동 기능도 없다. 그러나 우리 대구시에 전국 체전이 열린다고 하면 우선 반갑고 좋다. 대회 몇 년 전부터 도시를 아름답게 꾸미고, 눈에 잘 띄는 곳은 새로운 모양으로 단장한다. 다리마다 난간을 아름다운 꽃으로 장식하여 지나가는 사람들을 기쁘게 한다.

아주 오래전, 박정희 대통령이 통치하던 시절, 대구에서 전국체전이 열렸다. 대통령도 임석하는 큰 잔치니 준비에 신경을 쓰지 않을 수 없었다. 그 준비 중에서도 제일 어려운 것이 카드섹션이었다. 매년 도별로 경쟁을 하다 보니 카드로 대통령 얼굴을 그려내고, 동영상까지 연출하는 수준에 이르렀다.

사람 얼굴, 그것도 대통령이 바로 보는 맞은 편 스타디움에 그의 얼굴을 사진처럼 표현한다는 것은 여간 어려운 일이 아니다. 그림으로 그리기도 힘 드는데 카드를 합쳐 그의 얼굴을 나타낸다는 것이 얼마나 힘들겠는가.

당시 이 일을 담당하게 된 K장학관은 죽을 맛이었다. 한창 공부하고 있는 학생들을 동원하여, 큰 카드 몇 장을 들고 종일 각본대로 움직이게 하고 있으니 우선 마음이 편하질 않았다. 그것은 독재, 전제 체제의 상징이기 때문이다.

개회식 전날, 총 연습 날이었다. 시장은 물론 대통령 경호실, 중앙정보부 요원들이 대통령을 맞이할 준비와 행사 내용이 적절한지 다각도로 점검을 하고 있었다.

그런데 카드섹션에서 문제가 생겼다.

대통령 영상이 연출되었는데 한 학생의 실수로 대통령의 한쪽 눈동자를 멀게 했다. 그 학생이 카드 종류를 잘못 든 것이다. 담당 K장학관은 사색이 되었다. 얼굴의 다른 부분인 귀나, 턱이나, 머리 쪽에 약간의 실수가 있었다면 그렇게 심각하지는 않았을 터인데 하필 검은 눈동자에 흰 카드를 들었으니 어떤 모양이 되었겠는가.

그것은 담당자의 고의적 의도나 불순한 생각으로 각하를 폄하하려는 의도로 비춰질 수도 있었으니 얼마나 놀랐겠는가. 모든 요원들이 자신을 주시하고 있는 것 같아 소름이 끼쳤다.

"아, 사람의 몸 중에 제일 중요한 것이 눈이구나!"

그는 자신도 모르게 소리쳤다. 그렇지! 서로 사랑할 때도 눈만 보면 상대방의 애정을 확인할 수 있고, 서부활극의 결투도 서로의 눈싸움이 아닌가.

그날 카드섹션에서 눈알 자리에 앉은 학생은 교체되고, 몇 번의 반복 연습으로 예행연습은 무사히 끝났다.

다음날 개회식 때, 박 대통령은 자신의 얼굴이 선명하게 나타난 카드섹션에 매우 만족해했다. 스탠드에 그려진 그의 당당한 영상은 살아 있는 모습 같았고, 전 국민이 보는 이 모습이 자신의 위상을 더욱 높여주는 것 같아 매우 흡족해 했다.

많은 세월이 흘렀다. 토끼 용왕에게 갔다 온 그 장학관은 교육감이 되었다. 그는 매년 전국 체전만 열리면 사회체육과장을 못살게 닦달했다. 모든 종목에서 우수한 성적을 내지 않으면 혼을 냈다. 훈련 기간에도 각 학교를 순회하며 열심히 선수들을 독려했다.

그는 상당히 과학적으로 전국 기록과 선수들의 기록을 대조하며 독려했다. 물론 건강, 안전, 예산까지 두루 관심을 가지고 지원책도 강구했다. 그러나 그는 한 번도 눈에 관심을 가지거나 눈을 조심하라는 말을 하지 않았다. 간 때문에 용궁에서 죽을 고비를 넘긴 토끼는 산 속에 되돌아와서 간에 대한 걱정은 한 번도 하지 않았다.

우리 몸에서 소중하지 않은 것이 있겠는가. 쓸개를 끊어낸 사람, 위장을 들어낸 사람, 팔다리를 절단한 사람들이 건강하게 살아간다. 뿐만 아니라 백내장으로 보이지 않는 눈동자를 인공 동자로 갈아 끼워 더 밝게 살아가기도 한다.

자신의 몸은 부모로부터 받은 것이니 이것을 잘 가꾸고 안전하게 보존하는 것이 효도의 근본이 된다는 옛말은 지금도 맞는 말이다. 그것은 자기 자신에게도 평생을 살아가는 데 매우 중요한 것이기 때문이다.

전국체전에서 몸 잔치를 크게 벌이며 서로의 기량을 자랑한다. 승부에 너무 집착하여 불상사도 일어난다. 잔인한 승부보다 파인플레이로 보는 사람을 기쁘게 하고, 서로의 우정을 다시는 징다운 잔치가 되었으면 좋겠다. 그것이 우리 몸을 가장 귀하게 아끼고 사랑하는 것이 아니겠는가.

어느 역사관에서

　학교 역사관을 개관한다고 초청장이 왔다. 그 순간 의아한 생각부터 들었다. 그 학교의 역사는 40여 년 되었지만 처음 개교할 때 재활원의 고아들이 다니던 학교가 아닌가. 그것도 고아들 중에 장애아만 골라 수용하는 곳이 S재활원이었고, 이 아이들이 공부할 곳이 없어 북구 동북길, 금호강 기슭에 어렵게 세운 학교였다. 물론 시설과 환경은 아주 열악했고, 그 학교 근무를 희망하는 사람은 극소수에 불과했다.

　역사라는 이름은 동굴에도 있고, 고인돌에도 있지만 학교 역사관은 그래도 출중한 인물도 나고, 유명한 운동선수도 배출되고, 위대한 과학자도 나와야 번듯한 역사관이 되지 않겠는가.

　내가 20여 년 전, 풋사랑 같은 애정으로 이 학교를 찾았다. 하지만 눈에 띌만한 큰 성과나 빛나는 역사를 이루지 못하고, 애환만 남기고 떠났다. 가슴으로 교육하겠다던 꿈은 외부환경이 쉽게 용납해 주지 않았고, 무슨 부정을 저질러 좌천되어 왔다고 냉대만 당했다. 몸도 마음도 성치 않은 아이들과 생활하고 있으니 경사스런 자리나 혼인 잔치 같은 데는 초청도 해주지 않았다. 모두가 나를 접근하기 싫은 보균자로 여겼다.

학부모도 없고, 육성회 같은 것도 없다. 재활원이 학교보다 더 어려우니 교사나 학생들의 사기가 올라갈 건덕지도 없었다. 그러나 이상한 것은 아이들에 대한 사랑은 샘물처럼 솟아올라, 따뜻한 기운이 식지 않았다. 그것은 아가페였다. 못난 자식을 더 돌본다고, 장애아에 대한 사랑은 더 깊었고, 명예도 물욕도 없는 인간애만이 그곳에 존재했다.

역사관 입구에 개관 축시가 크게 붙어 나를 맞이한다.

> 1972년 2월 26일
> 사랑을 가슴에 품은
> 새벽닭이 해를 치며 크게 울었습니다.
> 금호강 기슭에 울려 퍼진
> 그 소리는 아가페의 시동이었고
> 이 학교는 그 작은 동력으로 출발했습니다.
>
> 세월은 강물 따라 흐르고
> 스승과 아이들이
> 물처럼 왔다가 바람처럼 떠나갔습니다.

그들의 눈물자국과 웃음소리를 모아
이 역사관을 세우니
인고忍苦의 미라가 여기 누워 있습니다.

역사관을 만드는 담당 선생님은 대구에서 가장 잘 되어 있다는 K고
등학교의 역사관을 본뜨려고 몇 번이나 그 학교를 방문했다. 거기에는
대통령부터 국무총리, 국회의장, 대법관, 각 군 참모총장 등 기라성 같
은 인물들의 사진이 즐비하게 걸려 있고, 장관이나 국회의원들은 이름
자만 겨우 기록되어 있었다. 수없이 우승한 야구부의 모습, 그리고 전
통에 빛나는 백삼선白三線, 그야말로 한 세기의 화려한 역사가 잘 보관
되어 있었다. 역사관의 무게가 참관자를 위압했다.

전국에서 처음으로 만드는 특수학교의 역사관에는 무엇을 전시해
놓아야 하나. 담당 선생님은 난감했다. 차라리 정신지체아처럼 텅 빈
마음으로 역사관을 만드는 수밖에 다른 방법이 없었다. 이 학교 졸업
생들은 다 어디에 있는가. 무슨 역사를 만들고 있는가. 정신지체와 지
체부자유의 중복 장애자가 대부분이니 사회에 나가 활동할 여지도 없
는데 무슨 역사를 창조했겠는가. 제일 성공했다는 동창회장의 직책이
금은방 주인이었다.
역사관에는 학습용구와 장애자 교육에 필요한 도구와 학용품뿐이
고, 담임과 찍은 학급 사진 한 장씩이 전부였다. 더 보여줄 것이 없다.
막연하게 하소연하는 사랑이란 구절이 애처롭다.

사랑의 옹달샘도 만들었습니다.
퍼도 퍼도 자꾸만 솟아나는
반짝이는 물빛이 아름답습니다.
사랑해요, 사랑해요.
클러치도, 휠체어도, 속이 텅 빈 쑥대머리도
모두 다 사랑합니다.
샘물 같은 사랑, 아가페여.

장애우들의 불편한 곳은
재활이란 이름으로도
잘 낫지를 않습니다.
오직, 함께 울어야만 멍든 마음에
예쁜 민들레꽃을
피울 수 있습니다.

오늘 우리는 이 역사관 안에
낡은 유물을, 헐어진 학용품을
전시하고 싶지 않습니다.
다만 찢어진 우산을 함께 들고
때로는 비도 함께 맞아가며 걸어가는
고운 마음씨들만 진열해 놓았습니다.

　이 시를 보고 눈물을 흘리는 사람은 없었다. 지하철 역 계단에서 동
전 한 닢을 구걸하는 슬픈 소리로만 들리는 것 같았다. 사랑이란 이름
이 이렇게 공허한가. 에로스에서 아가페로 가는 길은 비온 뒤에 잠시

떴다가 사라지는 무지개와 무엇이 다른가. 갈망하는 사랑이란 소리가 풀잎을 스치는 바람소리와 같다.

개관식에 참석한 사람은 적었다. 40여 년간 고락을 함께 한 스승과 제자의 얼굴을 찾으니 다섯 손가락이 남는다. 그들의 표정을 본다. 사랑이란 이름 아래 온갖 풍상을 겪은 굳은 얼굴에서 밝고 자랑스러운 웃음을 찾아볼 수가 없다. 어느 곳에 서 있어야 명예가 되고, 무엇을 해야 훈장을 받을 수 있는가. 세상 사람들의 관심과 시선은 지금 어디로 쏠려 있단 말인가.

축시의 마지막 끝 단락이 공허한 소망으로 허공에 흩날린다.

슬픔은 부엉듬에 묻고
밝은 웃음은 금호강물에 띄워
곧장 앞으로만 나아가겠습니다.
불편해도 서로 부둥켜안고
영원히 꺼지지 않는 사랑의 불씨를
여기 심어놓겠습니다.
오, 내 사랑 S, S학교여!

자랑도 명예도 그리고 영광도 없는 슬픈 역사관에서 폐식사 뒤에 보내는 박수, 그 의미가 무엇인지 의문만 가득 안고 식장을 떠났다.

삼화령 三花嶺

경주 금오산金鰲山의 한 줄기 능선, 삼화령 위에 서서 천 년 전을 넘어다본다. 긴 세월은 이 고개 위에 섰던 생의사生義寺를 흔적도 없이 사라지게 하고, 지금은 생의바위가 그 위치를 겨우 짐작케 하고 있다.

이 고개에 올라 경주 시내를 내려다보면 기와지붕들 위로 신라 천년이 그림처럼 떠오르고, 이미 전설로 변한 옛 이야기들이 신기루처럼 피어오른다. 그 천 년의 그림은 언제 보아도 화면이 웅장하고, 화려하고, 생동감이 넘친다. 삼화령에 오를 때마다 느껴지는 서라벌의 장엄하고 당당한 위풍은 로마의 유적처럼 자랑스런 모습으로 내게 다가오곤 했다.

지나고 보면 천 년도 눈 깜작할 사인가. 거기 담긴 영혼이 아직도 살아 내 가슴을 흔든다는 것은 신기한 일이다.

신라 경덕왕 24년 3월 3일〔重三日〕, 왕이 귀정문歸正門 위에 올라 신하들에게 거리에 나가 위의威儀를 갖춘 스님 한 분을 모셔오라 했다. 신하들이 고승을 모셔 왔으나 왕은 자기가 찾는 영승營僧이 아니라고 돌려보냈다. 다시 한 스님이 남쪽에서 오는지라 자세히 보니 바로 화랑이요 승려인 충담사忠談師였다. 왕이 크게 기뻐하고 누각 위로 그를 영접했다.

왕이 그의 행적을 물으니 그는 3월 3일과 9월 9일에는 차를 달여서 남산 삼화령에 있는 미륵세존에게 드리는데, 오늘도 차를 드리고 오는 길이라 했다. 왕이 그 차 맛을 보니 이상한 향기가 풍기며 신비한 느낌을 주었다.

왕이 충담에게 명했다.

"내가 들으니 기파랑耆婆郎을 찬미한 노래가 그 뜻이 매우 높다 하니 나를 위하여 〈안민가安民歌〉를 지어 줄 수 없겠는가."

> 군君은 아비요
> 신臣은 사랑스런 어미시라
> 민民을 즐거운 아해로 여기시니
> 민이 은애恩愛를 알지로다.
> (중략)
> 군君답게, 신臣답게, 민民답게 할지면
> 나라는 태평하리이다.

충담사가 〈안민가〉를 지어 왕에게 바치니 왕이 아름다이 여겨 왕사王師로 봉하고자 했다. 충담사는 굳이 사양하고 표연히 떠나니 영승다운 겸양이요, 화랑다운 기상이었다.

국태민안國泰民安의 요체는 바로 각자가 분수를 지키고 직분을 성실히 이행하는 데 있다. 이것이 천 년을 지켜온 신라의 강줄기 같은 정신이 아니겠는가.

〈안민가〉는 일견 군과 신과 민이 각기 소임을 다할 때 국가가 태평해진다는 의미가 주된 내용으로 되어 있는 듯하나, 이 노래의 구조는 엄밀히 민본주의民本主義사상을 줄기로 하고 있다. 나라가 태평하지 못하면 그 요인이 전부 왕에게 있음을 간접 화법으로 말하고 있다.

백성으로 하여금 왕의 사랑을 알도록 하고, 백성이 스스로 국가의 고마움을 인식해야 한다는 이 노래는 백성이 주체가 되어 있다. 백성이 사랑을 알고, 백성이 국가의 존재를 인식하게 하자면, 왕이 백성의 소리에 귀를 기울이고 어린 백성을 불쌍히 여겨야 한다는 것이다. 이러한 표면적 의미와 내면적 의미와의 대척적 표현과 긴밀한 구성은 '그 뜻이 매우 깊다〔其意甚高〕' 는 찬사를 받게 된다.

지금 세상은 말만 많다. 행동과 실천은 그 말을 따라가지를 못한다. 분수를 지키고 직분에 자신을 넌시는 사람이 얼마나 되겠는가. 언어의 향연으로 애국을 위장하고 자기 이익만 추구하고 있다.

역사는 많은 시행착오를 겪으면서 민주주의 사상을 이끌어내고, 이것을 치국의 근간으로 삼았다. 민주주의는 남을 먼저 생각하는 자기희생이 있어야 아름다운 꽃을 피울 수가 있는 것이다. 그러나 인간의 욕심은 자기를 앞세우기에 급급하여 국민을 진심으로 사랑하는 지도자는 잘 보이지 않는다. 군君이 군답게 행동하는 것이 그렇게 어려운가 보다. 결국 대부분 지도자는 온갖 더러운 욕을 다 뒤집어쓰고 허무하게 물러난다.

만약 천 년 뒤에 누가 경주 남산(금오산)에 올라, 지금의 지도자들이 국태민안을 위하여 얼마나 자기 분수를 지켰는가를 물어본다면 과연 어떤 답이 나오겠는가.

봉수대 烽燧臺

봉수대 불꽃 연기가 하늘을 찌르며 온 나라를 들쑤셔 놓았을 때, 역사는 운명이란 명찰을 달고 천방지축 달아나기만 했다. 아무 것도 모르는 백성들은 봉수대만 믿고, 앞 사람을 따라 내닫다가 구렁텅이로 곤두박질 쳤다. 먼데서 이를 보고 있던 사람들이 시궁에서 허우적거리는 그들의 모습을 보고 웃기만 했다.

세월은 흐르는 물 따라 가고, 싸늘하게 식은 봉홧불 재 속에는 일체개고一切皆苦로 타고 남은 사리만 남았다. 그렇게 열렬히 봉수는 타올랐는데 병사들은 그림자도 보이지 않고, 애꿎은 백성만 적군 손에 맞아 죽었다. 알고 보니 그들을 쓰러뜨린 건 적군이 아니라 아군이었다.

내 영혼을 그렇게 불태운 자리, 그 봉홧둑은 무너져 한낱 돌무더기로 남았고, 무상한 세월에 헤진 가슴은 실체가 없는 존재 속에 잠들었다. 부질없이 지난 세월의 이삭을 줍고 있는데 골바람이 휘파람 소리를 내며 내 머리를 때리고 지나간다.

모진 세월에 하얗게 바랜 눈으로 다시 봉수대를 올려다보니 설한풍에 싸늘해진 봉수대가 넋없이 서 있고, 그 위에 올라선 초동목수樵童牧豎가 겁도 없이 오줌을 갈기고 있다.

문장에 역점을 두고 수없이 다듬어서 완성

나는 소재에서 주제를 얻는다. 결국 많은 소재 속에서 제재를 찾아내고 그 제재의 선택과 동시에 주제가 형성된다. 때로는 소재에서 주제를 바로 떠올리기도 한다. 주제를 형상화하기 위해서 소재를 찾아헤매는 일은 극히 드물다.

나는 어떤 주제가 연상되는 소재를 발견하면 바로 메모해 둔다. 남의 이야기를 듣다가도 차를 타고 가다가도 글감이 되는 소재가 발견되면 잽싸게 낚아채어 기록한다. 이때 시간과 장소가 허락되면 연상되는 주제와 제목 그리고 풍광까지도 기록해 둔다. 집에 오면 그것을 컴퓨터에 입력하면서 대충 문장이 되도록 엮어나간다. 철자법이나 바른 문장을 염두에 두지 않고, 생각나는 대로 쓴다. 그리고 마음을 아예 풀어놓고 천방지방 써 나간다. 제목도 아무렇게나 임시로 붙여 놓는다.

내가 죽음을 눈앞에 두고 시시각각 다가오는 죽음의 시간을 소재로 다음과 같이 서술해 본 적이 있다.

> 하릴없이 시간을 헤아려 본다. 지나온 시간보다 남은 시간이 더 짧음을 안타까워하면서 손가락을 꼽는다. 쉼 없이 지나가는 시간 속에 어떤 영혼이 존재하는가 곰곰이 생각해 본다. 영겁의 세계에서 보면 찰나에 지나지 않는 그 시간에 온 마음을 빼앗기고 있다는 것이 허무하게 느껴진다. 시간과 공간이 서로 얽혀 있다는 상대성 이론은 천재들의 머리 속에만 존재하지 그 시간이 어디 있는지 나는 모른다.

나의 병명이 백혈병이라는 선고를 받고 절망에 빠졌을 때 나에게 제일 먼저 찾아 온 것이 외로움이었다. 내가 혼자된다는 두려움과 동시에 내가 죽고 나면 무엇이 남겠는가 하는 의문 속에서 번민했다. 죽음 앞에서 얻은 결론은 내가 죽으면 영혼만은 남을 것이라는 막연한 기대감이었다.

그것은 단순한 혼백이 아니라 나의 모든 것이 영상으로 변환되어 글 속에서나 사람들의 기억 속에서 아름다운 영혼으로 남게 되리라고 믿게 되었다. 이때 쓴 글이 〈아름다운 영혼〉이었고 수필집의 제목으로도 삼았다. 이 글의 기본 소재는 백혈병이지만 거기서 파생된 죽음과 영혼이 제재가 되고, 죽음 뒤에는 아름다운 영혼이 오래오래 남는다는 주제를 낳게 되었다.

남은 세월을 조바심으로 헤아리지 말고, 지나온 세월을 한탄으로 되새기지 말아야지. 간이역에 잠시 머무는 완행열차처럼 조그만 역 주변의 소박한 풍경을 가슴에 담아 두고 추억만 간직한 채 훌훌 떠나가자, 우리는 어차피 떠나야 할 운명이 아닌가. 사랑했던 사람도 미워했던 자신도 다 잊어버리고 떠나야 한다. 이 세상에 남는 것은 오직 아름다운 영혼뿐이니까.

문학의 생명은 문장이다. 특히 수필은 좋은 제재를 사용하고, 감동적 주제가 설정되고 적정한 구성으로 이루어졌다고 하더라도 문장이 뛰어나지 않으면 문학성을 기대하기 어렵다.

나는 사전적 의미를 가진 기술적記述的 묘사보다 비논리적 의미를 내포하고 있는 표현적 묘사에 더 비중을 둔다. 이론에서는 '수필은 사물을 보고 느끼며 생각한 바를 적을 때, 자신의 독특한 시각과 선명한 견해를 지녀야 한다. 이것이 개성적이고 풍자와 비평 정신을 요하는 에세이 문학의 속성에 직결된다.'고 했지만 누구나 자신의 독특한 시각과 선명한 견해는 있기 마련이다. 그러나 글로 남과 다른 문장을 이룬다는 것은 참으로 어려운 일이다.

글재주는 많은 글을 읽는 데서 출발한다. 결국 문자에서부터 문장에 이르기까지 모방에서 출발하여 그것을 자기 것으로 만드는 특출한 재주가 있어야 한다. 특히 언어를 굴절시키는 재주는 이 모방을 훌쩍 뛰어넘어 문재文才로 도약해야만 가능하다.

사랑하는 사람을 곁에 두고 허전해 하고, 이 좋은 세상에서 무릉도원을 찾고, 아름다운 영혼을 가지고도 고독 속에 방황하고 있다. 나는 외로움을 타는 입양아인가. 사랑하는 사람을 곁에 두고도 그리움에 방황하는 천애 고아인가.

사랑하는 사람에게 모든 걸 주어도 허전하고 그에게 생명을 바쳐도 성이 차지 않으니 어디에서 방황의 끝머리를 찾을 수 있겠는가. 나는 눈에 보이지 않는 깊은 인생을 살면서 아름다운 영혼으로 남고 싶다.

나의 퇴고 작업은 치열하다. 문득 떠오른 생각에서 얻어 쥔 소재에서 출발하여 짧은 문장을 이룬 내 글은 수없이 다듬고 다듬어 하나의 작품을 만든다. 그 과정은 문장을 수정해 나가는 데 대부분 시간을 보내게 된다. 제목도 몇 번이고 바뀐다.

퇴고한 글은 며칠이고 뜸을 들였다가 다시 퇴고한다. 마음에 들지 않는 단어나 문장은 다시 새로운 것으로 바꾼다. 이때 언어를 굴절시키거나 문장을 형상화하는 작업이 이루어진다. 워드에서 인출한 글은 컴퓨터 옆 홀더에 매달려 많은 시간을 보낸다. 글은 뜸을 들여야 맛이 난다. 뜸을 들이는 시간은 고민하는 여정이고 형상화하는 과정이 된다.

써놓은 글을 다시 읽어나가다 보면 글이 술술 내려가지 않는 곳이 있다. 이것은 단어와 단어, 문장과 문장끼리의 호응관계가 서로 맞지 않기 때문이다. 나는 그것이 물처럼 줄줄 흘러갈 때까지 고치고 또 고친다. 내재율에도 신경을 쓴다.

이렇게 하기를 대충 열 번 정도 해 나간다. 그래서 수필 한 편을 며칠 만에 완성한 일은 없다. 컴퓨터 옆 홀더에 매달려 뜸을 들이고 있는 수필 원고지가 가련해 보인다. 고쳐서 다시 프린트 한 글이 열 번 정도 홀더에 매달려 숱한 고생을 해야만 겨우 한 편의 수필이 되기 때문이다. 나는 단숨에 글을 써 내려가는 재주를 갖지 못했다.

구양수歐陽脩의 위문삼다爲文三多는 간다看多, 주다做多, 상량다商量多다. 많이 읽고, 많이 짓고, 많이 다듬으라는 말이다. 나는 세 번째 상량다商量多에 역점을 두는데 이것은 생각을 깊이 하여 문장을 잘 퇴고하라는 뜻이다.

내 글은 문장에 역점을 두되 수많은 퇴고로써 완성이 되는 것이다.

영혼은 혼자 독립할 수 없는가. 외로움을 타지 않고 혼자 꼿꼿이 살아갈 수는 없는가. 고독이라는 바이러스는 스님이고 수녀고 내 자신에게까지 마구 침입하여 아무도 평온하게 살아남지 못하게 한다.

죽음 앞에서 아무도 인생을 설명하지 못 한다. 내가 어디서 왔고, 어디로 갈 것인가를 걱정하는 것은 오히려 사치가 아닌가. 결국 영혼은 외로움을 벗어닐 수 없고 그 고독과의 투쟁에서 실낱 같은 사랑으로 연명하고 있지 않는가.

늦가을 산자락에 떨어진 단풍잎이 찬 서리에 곱다.